黑暗之刺

Lawrence Block

勞倫斯・卜洛克 著
陳佳伶 譯

A Stab
in the Dark

馬修・史卡德系列 04
黑暗之刺 A Stab in the Dark
作者——勞倫斯・卜洛克 Lawrence Block
譯者——陳佳伶
封面設計—— ONE.10 Society
編輯協力——黃麗玟、劉人鳳
業務——李振東、林佩瑜
行銷企畫——陳彩玉、林詩玟
發行人——涂玉雲

出版——臉譜出版
104 台北市中山區民生東路二段 141 號 5 樓
電話：(02)2500-7696　傳真：(02)2500-1952
臉譜部落格 facesfaces.pixnet.net/blog

發行——英屬蓋曼群島商家庭傳媒股份有限公司城邦分公司
104 台北市中山區民生東路二段 141 號 11 樓
客服服務專線：(02)2500-7718；2500-7719
24 小時傳真專線：(02)2500-1990；2500-1991
服務時間：週一至週五上午 9：30~12：00；下午 13：30~17：00
劃撥帳號：19863813
戶名：書虫股份有限公司
讀者服務信箱：service@readingclub.com.tw

香港發行所——城邦（香港）出版集團有限公司
香港灣仔駱克道 193 號東超商業中心 1 樓
電話：(852)2877-8606　傳真：(852)2578-9337　E-mail: hkcite@biznetvigator.com

馬新發行所——城邦（馬新）出版集團 Cite(M)Sdn Bhd (458372U)
41, Jalan Radin Anum, Bandar Baru Sri Petaling, 57000 Kuala Lumpur, Malaysia.
電話：(603)9056-3833　傳真：(603)9057-6622　E-mail: services@cite.com.my

初 版 一 刷　1998 年 1 月
三 版 一 刷　2023 年 8 月
I S B N 978-626-315-164-2
定價 280 元（本書如有缺頁、破損、倒裝，請寄回本社更換）

國家圖書館出版品預行編目資料

黑暗之刺 / 勞倫斯・卜洛克(Lawrence Block)著；陳佳伶譯. -- 三版. -- 台北市：臉譜出版：家庭傳媒城邦分公司發行, 2023.08
面；公分. --（馬修・史卡德系列；04）
譯自：A Stab in the Dark
ISBN 978-626-315-164-2（平裝）
874.57　　111009287

〈新版推薦序〉

關於我的朋友馬修・史卡德

臥斧

有很長一段時間，遇上還沒讀過「馬修・史卡德」系列的友人詢問「該從哪一本開始讀？」或「你最喜歡、最推薦哪一本？」之類問題，我都會回答，「先讀《八百萬種死法》，我最喜歡《酒店關門之後》。」

如此答覆有其原因。

「馬修・史卡德」系列幾乎每一本都可以獨立閱讀——作者勞倫斯・卜洛克認為，即使是系列作品，每部作品都仍該是個完整故事，所以倘若故事裡出現已在系列中其他作品登場過的角色，卜洛克就會簡述來歷，沒讀過其他作品或許不會理解角色之間的詳細關係，不過不會對理解手頭這本的情節造成妨礙。事實上，這系列在二十世紀末首度被引介進入國內書市時，出版社選擇出版的第一本書，就不是系列首作《父之罪》，而是第五部作品《八百萬種死法》。

出版順序自然有編輯和行銷的考量，讀者不見得要照章行事，我的答案與當年的出版順序並無關聯，《八百萬種死法》也不是我第一本讀的本系列作品。建議先讀《八百萬種死法》，是因為我認為這本小說最適合用來當成某種測試，確認讀者是否已經到達「人生中適合認識史卡德」的時期；

倘若喜歡這本，約莫也會喜歡這系列的其他故事，倘若不喜歡這本，那大概就是時候未到——生命中的哪個階段會被哪樣的作品觸動，每個讀者狀況都不相同。

這樣的答覆方式使用多年，一直沒聽過負面回饋，直到某回聽到一名友人坦承，自己初讀《八百萬種死法》時，覺得這故事「很難看」。有意思的是，這名友人後來仍然成為卜洛克的書迷，讀完了整個系列。

概略討論之後，我發現友人覺得難看的主因在於情節——這個故事並未完全依循推理小說作者與讀者之間不言自明的默契，結局之前的轉折雖然合理，但拐彎的角度大得讓人有點猝不及防，有部分讀者會覺得自己沒能被說服接受。可是友人同時指出，史卡德這個主角相當吸引人——這系列故事主線均由史卡德的第一人稱主述敘事，所以這也表示整個故事讀來會相當吸引人。能夠吸引讀者、呼應讀者自身的生命經驗、讓讀者打從心底關切的角色，總會讓讀者想要知道：這角色還會面對哪些事件，又會如何看待他所處的世界？

這是讓友人持續讀完整個系列的動力，也是我認為這本小說適合用來測試的原因——《八百萬種死法》是全系列中結局轉折最大的故事，也是完整奠定史卡德特色的故事。從這個故事開始認識史卡德，就像交了個朋友；而交了史卡德這個朋友，會讓人願意聽他訴說生命裡發生的種種故事。

約莫在友人同我說起這事的前後，我按著卜洛克原初的出版順序，重新閱讀「馬修·史卡德」系列，然後發現：倘若當初我建議朋友從首作《父之罪》開始讀，友人應該還是會成為全系列的忠實讀者，只是對情節和主角的感覺可能不大一樣。

史卡德登場

二十世紀的七〇年代，卜洛克讀了李歐納．薛克特的《論收賄》，這是薛克特與一名收賄的紐約警察一起完成的作品，內容講的就是那個警察的經歷。那是一名盡責任、有效率的警察，偵破不少案子，但同時也貪污收賄、經營某些不法生意。

卜洛克十五、六歲起就想當作家，他讀了很多偉大的經典作品，不過一開始並不確定自己該寫什麼；剛入行時他用筆名寫的是女同志和軟調情色長篇，市場反應不錯，六〇年代開始寫「睡不著覺的密探」系列，銷售成績也不差。七〇年代他與出版社商議要寫犯罪小說時，認為《論收賄》裡的警察或許能夠成為一個有趣的角色，只是他覺得自己比較習慣使用局外人的觀點敘事，沒什麼把握能寫好一個在警務體制裡工作的貪污警員。

於是卜洛克開始想像這麼一個角色：這個人是名經驗老到的刑警，和老婆小孩一起住在市郊，有辦案的實績，也沒放過收賄的機會；某天下班，這人為了阻止一樁酒吧搶案而掏槍射擊，但跳彈意外殺死了一個街邊的女孩。誤殺事件讓這人對自己原來的生活模式產生巨大懷疑，加劇了喝酒的習慣、與妻子分居、獨自住在旅館，偶爾依靠自己過往的技能接點委託維持生計，但沒有申請正式的偵探執照，而且習慣損出固定比例的收入給教堂……

真實人物的遭遇加上小說家的虛構技法，馬修．史卡德這個角色如此成形。

一九七六年，《父之罪》出版。

一名女性在紐約市住處遭人殺害，嫌犯渾身浴血、衣衫不整地衝到街上嚷嚷之後被捕，兩天後在獄中上吊身亡。女孩的父親從紐約州北部的故鄉到紐約市辦理後續事宜，聽了事件經過後找上史卡德——就警方的角度來看這起案件已經偵結，這名父親也不大確定自己還想做什麼，他與女兒幾年來鮮少聯絡，甫知女兒死訊，才想搞清楚女兒這幾年如何生活、為什麼會遇上這種事。警方不會處理這類問題，於是把他轉介給曾經當過警察、現已離職獨居的史卡德。

以情節來看，《父之罪》比較像刻板印象中的推理小說：偵探接受委託，找出凶案的真正因由。這個故事同時確立了系列案件的基調——會找上史卡德的案子可能是警方認為不需要處理的，或者是當事人因故無法、或不願交給警方處理的；而史卡德做的不僅是找出真凶，還會在偵辦過程裡挖掘出隱在角色內裡的某些物事，包括被害者、凶手，甚至其他相關人物。

緊接著出版的《在死亡之中》和《謀殺與創造之時》都仍維持類似的推理氛圍，不同的是卜洛克對史卡德的描寫越來越多。史卡德的背景設定在首作就已經完整說明，卜洛克增加的是史卡德處理事件過程的生活細節——他對罪案的執拗、他與酒精的糾纏、他和其他角色的互動，以及他在紐約憑藉公車、地鐵、偶爾駕車或搭車但大多依靠雙腿四處行走查訪當中的所見所聞，這些細節累疊在原先的背景設定上，逐漸讓史卡德越來越立體，越來越真實。

史卡德曾是手腳不算乾淨的警員，他知道這麼做有違規範，但也認為這麼做沒什麼不對——有缺陷的是制度，他只是和所有人一樣，設法在制度底下找到生存的姿態。這使得史卡德成為一個特殊的冷硬派偵探——這類角色常以譏誚批判的眼光注視社會，史卡德也會，但更多時候這類譏誚會轉為自嘲，因為他明白自己並不比其他人更好，這類角色常面不改色地飲用烈酒，史卡德也會，但酒精因而成為一種將他拽開常軌的誘惑，摧折身體與精神的健康；這類角色心中都會具備一套自己的道德判準，史卡德也會，而且雖然嘴上不說，但他堅持的力道絕不遜於任何一個硬漢。

我私心將一九七六年到一九八一年的四部作品劃歸為系列的「第一階段」。這四部作品的情節不只呈現了偵查經過，也替史卡德建立了鮮明的形象——作家替角色設定的個性與特質會決定角色面對衝突時的反應，而讀者會從這些反應推展出現的情節理解角色的個性與特質。史卡德並非完人，沒有超凡的天才，反倒有不少常人的性格缺陷，對善惡的標準似乎難以解釋，但他面對罪惡的態度會讓讀者清楚地感知那個難以解釋的核心價值。

讀者越來越了解史卡德——他不是擁有某些特殊技能、客觀精準的神探，他就是個試著盡力解決問題的凡人。或許卜洛克也越寫越喜歡透過史卡德去觀察世界——因為他寫了《八百萬種死法》。

反正每個人都會死，所以呢？

《八百萬種死法》一九八二年出版。

打算脫離皮肉生涯的妓女透過關係找上史卡德，請史卡德代她向皮條客說明。皮條客的行為模式與眾不同，尋找時花了點工夫，找上後倒沒遇到什麼麻煩；皮條客很乾脆地答應，但幾天之後，史卡德發現那名妓女出了事。史卡德已經完成委託，後續的事理論上與他無關，可是他無法放手，認為這事八成是言而無信的皮條客幹的；他試著再找皮條客，雖然不確定找上後自己要做什麼，不料皮條客先聯絡他，除了聲明自己與此事毫無關聯，並且要雇用史卡德查明真相。

在妓女出現之前，史卡德做的事不大像一般的推理小說；接下皮條客的委託之後，史卡德的工作方式則與前幾部作品一樣，不是推敲手上的線索就看出應該追查的方向，而是透過皮條客手下的其他妓女以及史卡德過往在黑白兩道建立的人脈，扎扎實實地四處查訪。因此之故，《八百萬種死法》有不少篇幅耗在史卡德從紐約市的這裡到那裡，敲門按電鈴，問問這個問問那個；其他篇幅一部分用來講述史卡德的生活狀況——主要是他日益嚴重的酗酒問題，酒精已經明顯影響他的神智和健康，但他對戒酒無名會那種似乎大家聚在一起取暖的進行方式嗤之以鼻，另一部分則記述了史卡德從媒體或對話裡聽聞的死亡新聞。

《八百萬種死法》的書名源於當時紐約市有八百萬人口，每個人可能都有不同的死亡方式；這些死亡事件與史卡德接受的委託沒有關係，史卡德也沒必要細究每樁死亡背後是否藏有什麼祕密。如此安排容易讓讀者覺得莫名其妙——我要看史卡德怎麼查線索破案子，卜洛克你講這些無關緊要的東西做什麼？不過讀者也會慢慢發現：這些插播進來的死亡新聞，讀起來會勾出某些古怪的反應，有時是深沉的慨嘆，有時是苦澀的笑意。它們大多不是自然死亡，有的根本不該牽扯死亡——例如有人扛回被丟棄的電視機想修好了自己用，結果因電視機爆炸而亡，這幾乎有種荒謬的喜感——讀者認為它們「無關緊要」，是因它們與故事主線互不相涉，但對它們的當事人而言，那是生命的瞬間消逝，可一點都不「無關緊要」。

是故，這些死亡準確地提出一個意在言外的問題：反正每個人都會死，所以呢？每個人如何迎來生命終點都無法預料，甚至不可理喻，沒有善惡終報的定理，只有無以名狀的機運；在這樣的世界裡，執著地追究某個人的死亡，有沒有意義？或者，以史卡德的處境來說，遠離酒精，讓自己清醒地面對痛苦，有沒有意義？

推理故事大多與死亡有關。古典和本格派將死亡案件視為智力遊戲，是偵探與凶手、讀者與作者之間鬥智的謎題；冷硬和社會派利用死亡案件反映社會與人的關係，什麼樣的環境會讓人做出什麼樣的掙扎，什麼樣的時代會讓人犯下什麼樣的罪行。其實，推理故事一直是最適合用來揭示人性的故事，因為要查明一個或數個角色的死因，調查會以死者為圓心向外輻射，觸及與死者有關的其他角色，釐清他們與死者的關係、死亡對他們的影響、拼湊死者與他們的過往，這些調查會顯露角色們的個性，死因與行凶動機往往就埋在這些人性糾葛之中。

《八百萬種死法》不只是推理小說，還是一部討論「人該怎麼活著」的小說。

「馬修．史卡德」是個從建立角色開始的系列，而《八百萬種死法》確立了這個系列的特色，這些故事不僅要破解死亡謎團、查出凶手，也要從罪案去談人性。

我們終將孤獨

在《八百萬種死法》之後，卜洛克有幾年沒寫史卡德。

據聞《八百萬種死法》本來可能是系列的最後一個故事，從故事的結尾也讀得出這種味道——史卡德解決了事件，也終於直視自己的問題，讓系列在劇末那個悸動人心的橋段結束，是個合理的選擇，也是個漂亮的收場——不過從隔了四年、一九八六年出版的《酒店關門之後》來看，卜洛克還想繼續以史卡德的視角看世界，沒有馬上寫他的故事，可能是自己的好奇還沒尋得答案。

因為大家都知道，故事會有該停止的段落，角色做完了該做的事、有了該有的領悟；但在現實生活裡，時間不會停在「全書完」三個字出現的那一頁，就算人生因為某些事件而轉往新方向，等在眼前的也不會是一帆風順「從此幸福快樂」的日子。卜洛克的好奇或許是：在史卡德直視自身問題、做了重要決定之後，他還是原來設定的那個史卡德嗎？那個決定會讓史卡德的生活出現什麼變化？那些變化是否會影響史卡德面對世界的態度？

倘若沒把這些事情想清楚就動手寫續作，大約會出現兩種可能：一是動搖前五部作品建立的系列基調——既然卜洛克喜歡這個角色，那麼就會避免這種情況發生；二是保持了系列基調但破壞了《八百萬種死法》那個完美結局的力道——真是如此的話，不如乾脆結束系列，換另一個主角講故事。

《酒店關門之後》是卜洛克思考之後的第一個答案。

這個故事裡出現三樁不同案件，發生在《八百萬種死法》之前。案件之間乍看並不相干（不過後來發現其中兩起有點關聯），史卡德甚至不算真的在調查案件——第一樁案件是酒吧常客妻子被殺，史卡德被委任去找出兩名落網嫌犯的過往記錄，讓他們看起來更有殺人嫌疑；第二樁事件是另一家起酒吧帳本失竊，史卡德負責的是與竊賊交涉、贖回帳本，而非查出竊賊身分。至於第三樁事件，史卡德完全沒被指派工作，那是一樁搶案，史卡德只是倒楣地身處事發當時的酒吧裡頭，而且也沒被搶。

三樁案件各自包裹了不同題目，這些題目可以用「愛情」、「友誼」之類名詞簡單描述，但真要說明白它們內裡的複雜層次，卻常讓人找不著最合適的語彙。卜洛克擅長用對話表現角色個性和推進情節，因此故事讀來一向流暢直白；流暢直白不表示作家缺乏所謂的文學技法，因為《酒店關門之後》完全展現出這類文字的力量——倘若作家運用得宜，這類看似毫不花巧的文字其實能夠帶領讀者無限貼近這些題目的核心，將難以描述的不同面向透過情節精準展演。

同時，卜洛克也在《酒店關門之後》為自己和讀者重新回顧了史卡德的完整形象，他的私人生活，他的道德判準，以及酒精。《酒店關門之後》的案件都與酒吧有關，故事裡也出現了非常多酒吧——高檔的酒吧、簡陋的酒吧、給觀光客拍照留念的酒吧、熟人才知道的酒吧、正派經營的酒吧、非法營業的酒吧、具有異國風情的酒吧、屬於邊緣族群的酒吧。每個人都找得到自己應該歸屬、宛如個人聖殿的酒吧，每個人也都將在這樣的所在，發現自己的孤獨。

史卡德並非沒有朋友，但每個人都只能依靠自己孤獨地面對人生，不是沒有伴侶或好友的孤獨，而是有了伴侶和好友之後才會發現的孤獨，在酒店關門之後、喧囂靜寂之後，隔著酒精製造出來的矇矓迷霧，看見它切切實實地存在。事實上，喝酒與否，那個孤獨都在那裡，只是少了酒精，有時就會缺乏直視的勇氣；可是理解孤獨，便是理解自己面對人生的樣貌，有沒有酒精，這都是必要的人生課題。

同時，《酒店關門之後》確立了這系列的另一個特色。假若從首作讀起，讀者會知道系列故事按著時序發生，不過與現實時空的連結並不明顯——那是二十世紀七、八〇年代發生的事，至於確切是哪一年則不大要緊。不過《酒店關門之後》開場不久，史卡德便提及事件發生在很久之前、一九七五年，是過去的回憶，而結尾則說到時間已經過了十年，也就是故事裡「現在」的時空應當是一九八五年，約莫就是《酒店關門之後》寫作的時間。史卡德不像某些系列作品的主角那樣，似乎固定停留在某段時空當中，他和作者、讀者一起活在同一個現實裡頭。

再過三年，《刀鋒之先》在一九八九年出版，緊接著是一九九〇年的《到墳場的車票》。卜洛克準備答案所花的數年時間沒有白費，結束了在《酒店關門之後》的回顧，史卡德的時間繼續前進，他用一種與過去不大一樣的方式面對人生，但也維持了原先那些吸引人的個性特質。

從《八百萬種死法》至《到墳場的車票》是我私心分類的「第二階段」，卜洛克在這個階段重新整理了對角色的想法，讓史卡德成為一個更有血有肉、會隨著現實一起慢慢老去、仿若與讀者一同生活在現實的真實人物。而系列當中的重要配角在前兩階段作品中也已全數登場，史卡德的人生即將邁入新的篇章。

我認定的「馬修・史卡德」系列「第三階段」從一九九一年的《屠宰場之舞》開始，到一九九八年的《每個人都死了》為止，卜洛克在八年裡出版了六本系列作品，寫作速度很快，而且每個故事都很精采，人性描寫深刻厚實，情節絞揉著溫柔與殘虐。

雖說先前談到前兩階段共八部作品時一直強調角色塑造，但不表示卜洛克沒有好好安排情節。卜洛克的確認為角色很重要——他在講述小說創作的《小說的八百萬種寫法》中明確寫道：「幾乎所有讀者持續翻閱任何小說的主要原因，就是想知道接下來發生的事，讀者之所以在乎接下來發生的事，則是因為作者描寫人物性格的技巧。小說中的人物若有充分描繪，具有引起讀者共鳴與認同的力量，讀者就會想知道他們下場如何，並深深擔心他們的未來會不會好轉，」「馬修・史卡德」系列可以視為這番言論的實際作業成績。不過，同一本書裡，他也提及寫作之前應該重新閱讀，不是以讀者的眼光閱讀，而是以作者的洞察力閱讀。卜洛克認為這樣的閱讀不是可以學到某種公式，而是能夠培養出一些類似「直覺」的東西，知道創作某類小說時可以用什麼方式。

說得具體一點，「以作者的洞察力閱讀」指的不單是享受故事，而是進一步拆解故事，找出該故事的作者用什麼方法鋪排情節，如何埋設伏筆、讓氣氛懸疑，如何製造轉折、讓發展爆出意外。

開始寫「馬修・史卡德」系列時，卜洛克已經是很有經驗的寫作者；要寫犯罪小說之前，他已經拆解了不少相關類型的作品。史卡德接受的是檢調體制不想處理、或當事人不願交給體制處理的案件，這些案件不大可能牽涉某種國際機密或驚世陰謀，但往往蘊含隱在社會暗角、體制照料不到之處的幽微人性——而史卡德的角色設定，正適合挖掘這樣的內裡。

從《父之罪》開始，「馬修・史卡德」系列就是角色與情節的適恰結合，而在寫完前兩個階段、史卡德的形象穩固完熟之後，卜洛克從《屠宰場之舞》開始加重了情節的黑暗層面。《屠宰場之舞》出現性虐待受害者之後將其殺害、並且錄影自娛的殺人者，《行過死蔭之地》出現綁架、性侵，並以切割被害者肢體為樂的凶手，《一長串的死者》裡一個祕密俱樂部驚覺成員有超過正常狀況的死亡機率，《向邪惡追索》中的預告殺人魔似乎永遠都有辦法狙殺目標。

這些故事都有緊張、刺激、驚悚、駭人的橋段，而在經營更重口味情節的同時，卜洛克持續讓史卡德面對自己的人生課題——前女友罹癌、要求史卡德協助她結束生命；原來已經穩固的感情關係，忽然出現了意想不到變化；調查案子的時候，自己也被捲入事件當中，更糟的是，自己的朋友也被捲入事件當中、甚至因此送命——諸如此類從系列首作就存在的麻煩，在第三階段一個都沒少。

史卡德在一九七六年的《父之罪》裡已經是離職警察，可以合理推測年紀可能在三十到四十之間，因此到一九九八年的《每個人都死了》為止，史卡德處於從三十多歲到接近六十歲的中壯年時期。在人生的這段時期當中，大多數人已經成熟、自立，有能力處理生活當中的大小物事，但也必須承受最多生活壓力——年長者的需求、年幼者的照料、日常經濟來源的提供、人際關係的維繫——而總也在這類時刻，一個人會發現自己並沒有因為年紀到了就變得足夠成熟或擁有足夠能力，毋需面對罪案，人生本身就會讓人不斷思索生存的目的，以及生活的意義。

「馬修．史卡德」系列的每一個故事，都在人間與黑暗共舞，用罪案反映人性，都用角色思考生命。

新世紀之後

進入二十一世紀，卜洛克放緩了書寫史卡德的速度。

原因之一不難明白：史卡德年紀大了，卜洛克也是。

卜洛克出生於一九三八年，推算起來史卡德可能比他年輕一點，或者同樣年紀。在歷經種種人生關卡、頻繁與黑暗對峙的九〇年代之後，史卡德的生活狀態終於進入相對穩定的時期，體力與行動力也逐漸不比以往。

原因之二也很明顯：九〇年代中期之後，網際網路日漸普及，犯罪事件利用網路及相關科技的比例也慢慢提高。卜洛克有自己的部落格、發行電子報，會用電腦製作獨立出版的電子書，也有臉書帳號，這表示他是個與時俱進的科技使用者，但不表示他熟悉網路犯罪的背後運作。要讓史卡德接觸這類罪案並無不可——早在一九九二年的《行過死蔭之地》裡，史卡德就結識了兩名年輕駭客，真要寫這類罪案，卜洛克想來也不會吝惜預做研究的功夫；但倘若不讓史卡德四處走動、觀察人間，那就少了這個系列原有的氛圍。

另一個原因則相對沒那麼醒目：卜洛克長年居住在紐約，世貿雙塔就是史卡德獨居的旅店房間窗景，二〇〇一年九月十一日發生在紐約的恐怖攻擊事件，對卜洛克和史卡德這兩個紐約客而言都是巨大的衝擊。卜洛克在二〇〇三年寫了獨立作品《小城》，描述不同紐約人對九一一的反應與後續生活；史卡德沒在系列故事裡特別強調這事，但更深切地思考了死亡——史卡德這角色是因為死亡才成形的，那樁跳彈誤殺街邊女孩的意外，把史卡德從體制內的警職拉扯出來，變成一個體制外孤獨抵抗人性黑暗的存在。過了二十多年，人生似乎步入安穩境地之際，世界的陡然巨變與個人的生理狀態，則提醒每個人：死亡非但從未遠去，還越來越近。而這也符合史卡德與許多系列配角的狀況，他們和史卡德一樣，都隨著時間無可違逆地老去。

「馬修．史卡德」系列的「第四階段」每部作品間隔都較「第三階段」長了許多。第一本是二〇〇一年《死亡的渴望》，這書與二〇〇五年的《繁花將盡》是本系列僅有「應該按順序閱讀」的作品。下一部作品是二〇一一年出版的《烈酒一滴》，不過談的不是二十一世紀的史卡德，而是《八百萬種死法》之後、《刀鋒之先》之前的史卡德——這兩本作品之間的《酒店關門之後》談的是一九七五年發生的往事，以時序來看，讀者並不知道史卡德在那段時間裡的狀況，那是卜洛克正在思索這個角色、史卡德正在經歷人生轉變的時點，《烈酒一滴》補上了這塊空白。

餘下的兩本都不是長篇作品。《蝙蝠俠的幫手》是短篇合集，可以讀到不同時期史卡德遭遇的事件，讀者會發現即使沒有夠長的篇幅，卜洛克一樣能夠巧妙地運用豐富立體的角色說出有趣的故事。二〇一九年的《聚散有時》則是中篇，也是「馬修．史卡德」系列迄今為止的最後一個故事，事件本身相對單純，但對系列讀者、或者卜洛克自己而言，這故事的重點是交代了史卡德以及系列當中重要配角的生活，他們有的長大了，有的離開了，有的年老了，但仍然在死亡尚未到訪之前，在生命裡碰撞出新的火花，發現新的意義。

最美好的閱讀體驗

「馬修．史卡德」系列的起始是犯罪故事，屬於廣義的推理小說類型，每個故事裡也都能讀出推理小說的趣味，縱使主角史卡德並非智力過人的神探，但他踏實地行走尋訪，反倒看到了更多人間光景、接觸了更多人性內裡。同時因為史卡德並不是個完美的人，所以他的頹唐、自毀、困惑，以及堅持良善時迸出的小小光亮，才會顯得格外真實溫暖。

是故，「馬修．史卡德」系列不只是好看的推理小說，還是好看的小說，不只是好看的小說，還是好的小說——不僅有引發好奇、讓人想探究真相的案件，不僅有流暢又充滿轉折的情節，還有深刻描繪的人性。

讀這個系列會讓讀者感覺真的認識了史卡德，甚至和他變成朋友，一起相互扶持著走過人生低谷、看透人心樣貌。這個朋友會讓人用不同視角理解世界、理解人，或者反過來理解自己。

我依然會建議初識這個系列的讀者，從《八百萬種死法》開始試試自己和史卡德合不合拍，不過或許除了《聚散有時》之外，任何一本都會是很好的選擇——不同時期的史卡德作品會有些不同的質地，但都保持了動人的核心。

這些年來我反覆閱讀其中幾本，尤其是《酒店關門之後》，電子書出版之後，我又從《父之罪》開始依序閱讀，每次閱讀，都會獲得一些新的體悟。史卡德觀看世界的視角未曾過時，卜洛克對人性的描寫深入透澈，身為讀者，這是最美好的閱讀體驗。

〈導讀〉

他死的時候，我正在做什麼？

唐諾

老是若有所思，若有所求的拖著一個大吸鐵，踽踽獨行於城市和荒野，更行過漫長人生的每一個路段和角落。而所汲汲求到的珍寶往往之於其他大多數人簡直如敝屣垃圾。

——朱天心，〈威尼斯之死〉

十九世紀德國大史學家朵伊森以為，已經發生的事並不自動成為「歷史」，除非它跟我們的「此時此刻」有了某種牽連，生出了某種意義，被我們重新記憶、思索、組織，並認真的理解。

那，已經發生了九年之久的一樁謀殺案呢？芭芭拉．愛丁格原來一直被當成一名冰錐瘋子凶手的一長串倒楣受害者之一罷了，然而九年之後，凶手偶然落網，很光棍的坦承一切罪行，獨獨堅持芭芭拉不是他殺的。因為案發當時他人在牢裡。此外，芭芭拉的死法也確實和其他死者有些許出入，很像，但有出入。

於是，已經安心甚至已經停止哀傷的芭芭拉父親重又「生出意義」，他要找回這段歷史，要重問為什麼有人殘害他這個畢業於衛斯理女子學院（美國第一夫人希拉蕊念的貴族學校）的好女兒，然而，對官僚系統的警方而言，這些只算構成疑意，尚不足以生出大張旗鼓的意義，於是，案子遂輾轉來到我們這位「一旦咬住就不鬆口」的自由工作者史卡德先生手上——再次證明，公營單位只能做例行性的簡單工作，困難的，只有民間自己才有機會完成。

史卡德的警言是：你可能白花錢得不到任何結果；你可能真找到凶手是誰，但證據湮滅再無法有效把案子送上法庭；更可怕的是，「你可能會知道一些你不喜歡的事情。你自己說的——某人為了某個理由殺了她。不知道那個理由，你可能活得快樂一點。」

A Stab in the Dark，黑暗之刺，指的是冰錐殺手的殺人習慣——用冰錐刺穿被害人雙眼，因為他害怕自己殺人的最後影像留存在被害人視網膜，可被某種科學儀器解讀出來，同時也指的是史卡德匕首一般重新刺入九年前的黑暗時光隧道和幽暗人心之中。

訪舊半為鬼．驚呼熱中腸

「你看起來像見到鬼，不，我說錯了，你看起來好像找鬼一樣。」——這是睽隔九年之後，史卡德重新回到芭芭拉被殺的公寓房間，當前的女房客脫口而出的駭異之語。

當然，我們的謀殺歷史家史卡德先生完全了解，九年，對一個藉藉無名的謀殺被害者是什麼意思，這可不是地質學——九年對地質學而言短得毫無意義，它幾乎形成不了任何可察覺的變化，事後它又躲在碳同位素測定的誤差之中，毫無法子把它給叫出來——這是現實人生，基本上，它占到我們人壽幾何達八分之一的比例，可發生很多事，也可湮滅很多事，您要不要自己現在就試試，先回憶一下，九年前的此時此刻您人在哪裡？想些什麼、做些什麼？再試著猜一下，九年後的此時此刻，您人又可能在哪裡？可能想些什麼做些什麼？

事實上，九年時光，不僅有形的事物變了，甚至就連記憶也不一定可信了——史卡德對此知之甚詳，他的說法是，「回憶是一種合作的動物，很願意討好，供應不及時，常常可以就地發明一個，再小心翼翼的去填滿空白。」

因此，來路已藍縷，去處不可知——九年前的謀殺現場，對史卡德而言，只可能存在著「感受」，不可能有「線索」。

莫聽穿林打葉聲．何妨吟嘯且徐行

在我個人有限的偵探小說閱讀經驗之中，史卡德的辦案方式可能是所有可見的神探名探私探妙探中最「沒效率」的一個。史卡德自己常講，他只是盡可能到處走走看看問問罷了，沒特定目標或理由。他心知肚明，百分之九十五走來看來問來的資訊和想法完全沒用，真正你破案要的只是剩下那百分之五，只是，你無從得知這有用的百分之五何時出現，說穿了你也根本就不知道究竟是哪個部分的百分之五。

這很像我們說放射性鈾原子衰退為鉛原子，科學家只曉得一定時間內（如半衰期）一定比例的鈾原子會轉化，但我們永遠無法事先確定哪顆變哪顆不變，其間全憑機率，或俗稱運氣。

然則，那百分之九十五對辦案而言，徹底浪費掉的行走、問話和感受，我們能拿它幹什麼呢？

感謝上帝，有這麼多「浪費」，做為一個讀者，我得說，這些之於直接破案如敝屣如垃圾的破碎片段，一直是閱讀時的真正珍寶，是最好看動人的所在，它們閃閃發光四下散落著，拉開傳統偵探小說只盯緊罪案的（略呈）線性狹隘視野，讓小說中的世界有了現實的光影反差，也讓原本「概念化」的小說棋子式人物，一個個飽滿的站了起來。

舉個例子好了。史卡德探案的另一部小說《刀鋒之先》，他受託找尋一個來到紐約不久便告失蹤的年輕女孩，尋訪之中，他想的是，「她這麼寂寞，能到哪裡去呢？」——這是負責翻譯此書的林大容小姐跟我講的，她譯到此句時渾身起了生理變化，事後敘述仍動容不已。

或者如本書《黑暗之刺》中，史卡德也嚴重的懷疑凶手是芭芭拉那名拈花惹草的事後再婚丈夫，但他想的不是阿嘉莎．克莉絲蒂式的「我也常覺得奇怪，為什麼每個人都可能殺人。」而是，「結婚的人經常會互相謀殺，有時候他們需要花上五年十年才做得成這件事。」

這很顯然都和效率無關，要看效率，那我們頂好回到古典推理世界，回到那些異於正常人的神探身邊去——甚至像福爾摩斯，效率高到只一眼就瞧出來人是海員或會計，有沒有到過中國或一度富裕近況潦倒云云。史卡德沒這麼本事，他只是踽踽徐行於大紐約市的普通人罷了。

時時勤拂拭・莫使惹塵埃

「這些殉教者對我有一種奇特的魅力，他們竟然能找到如此多姿多采的死亡方式。」這是史卡德沒事躺在他旅館床上看《聖人傳記》一書的感想。

E. M.佛斯特說過：「人的生命是從一個他已經忘記的經驗開始，並以一個他必須參與卻不能了解的經驗結束。」因此，我們都只能在這兩個黑暗之間走動，而兩個有助於我們開啟生死之謎的東西，嬰兒和屍體，並不能告訴我們什麼，因為他們傳達經驗的器官與我們的接收器無法配合。

然而，碰觸到死亡的小說無所不在，佛斯特以為，最主要的原因可能是：死亡可以簡潔整齊的結束一本小說。

如果佛斯特的說法可信，那寫推理偵探小說達一百五十年的這些作家，顯然是一群倒行逆施之人，他們的小說基本上是從死亡開始的，他們的收入和聲名地位也無不從死亡開始。

怎麼個開始呢？我個人曾在一篇談論雷蒙・錢德勒小說的短文中談過，古典推理可以說是某種「死亡學」，它關心死亡直接透露的訊息（如傷口、指紋、死亡時間地點云云），死亡給我們暗示，給我們線索，死亡是謎題；「美國革命」之後的犯罪小說則或可稱之為「死亡生態學」，它轉而關心死亡和現實社會各種或隱或彰的聯繫和牽動，通過死亡的籌畫、執行、發生到追索，我們有機會外探社會黑暗，內查人心幽微，在這裡，死亡接近一種徵象，或甚至是病徵。

史卡德比較接近後者，但略有不同，我以為，他真正關心的極可能是，死亡本身。

孔子說，生命都來不及弄懂了，哪還有心力去管死亡。佛斯特說，死亡傳達的訊息我們無以解讀。這都是聰明豁達有見地的智者之語，該聽；然而，死亡依然是死亡，它仍高懸所有人頭頂，你很難不看到它不意識到它（比方說生病身體孱弱時，肚子飢餓時，或打開報紙電視又看到死亡排闥而來時）。總之，我們既和死亡如此日日相處，漫漫人生，你遲早，或說多少，得料理料理它。

因此，我個人以為，死亡在各類小說（不只推理）汗牛充棟的出現，可能不是佛斯特半開玩笑所謂結束小說的技術性功能意義，而是因為小說（乃至於所有文學創作）不失為料理死亡的一種好用形式。當然，用宗教比什麼都方便，是一勞永逸的「關門式」解決死亡方法，但對很多人而言，那太簡單了不像是「真的」，不免叫人不甘心或者不放心。然而，通過科學你得證明，通過哲學你也多少得交代邏輯和推演過程，這都會碰到佛斯特所說「接收困難」的永恆麻煩；小說不同，它一直有個特權：不必找證據，不必仰賴三段論，可通過情境的建造、想像的飛揚和同情的感受，直接「觸摸」死亡。

一般而言，偵探該觸摸的是和他辦案直接相關，最多到間接相關的死亡，然而，史卡德卻一直忍不住去觸摸不屬於他的、和他八竿子也打不著的死亡，讀過《八百萬種死法》的人都已充分見識過這點，他總喃喃叨唸著比方說到陽台晾衣服被轟掉腦袋的那名婦人，比方說垃圾堆撿電視機回家修理卻被炸成一死一傷那兩名老先生老太太，比方說為一隻狗到別人家草坪亂撒尿而你射箭我開槍的一對老鄰居，比方說沒事到街頭籃球場鬥牛卻因某人手槍從口袋掉地走火而莫名其妙死去的那個倒楣鬼……紐約有八百萬人，有八百萬個故事，也有八百萬種死法。

關心這些死亡是收不到錢的，惟史卡德不改其志。

國內小說作家之中，最對死亡一事時時勤拂拭的極可能是朱天心，對馬修・史卡德（或說創造他的勞倫斯・卜洛克）這名「死亡同業」，朱天心說，她印象最深的所在之一是，史卡德聞聽凶案發生時，第一個反應往往是，「他死的時候，我正在做什麼呢？」

朱天心特別強調，其實很少人這樣。我想，我大概聽得懂這段話的意思。

沾衣不足惜，但使願無違

朱天心筆下，有這麼一組人，散落在四處，他們時時有感於死亡，忍不住記憶窺探思索死亡，始終無法忘情於死亡，她稱之為「老靈魂」——在《預知死亡紀事》小說中，她說，「同樣一座城市，在老靈魂們看來，往往呈現完全不同的一幅圖像。」「我也不知道為何在今日這種有規律、有計畫的嚴密現代城市生活中，會給老靈魂一種置身曠野蠻荒之感。」

史卡德（或說寫他的卜洛克）大概真是老靈魂一族吧。

的確，史卡德的小說世界是兌現了朱天心的如此「預言」：想想，這樣一個敏感於死亡的人，被擲入紐約這樣一個死亡城市，又得靠追逐死亡來養活自己並偶爾寄錢給離婚的妻子和別居的兒子，史卡德所置身的紐約圖像，果然極其蠻荒如行在曠野，而他既能幾近令人作嘔的凝視著每一樁凶惡殘破的死亡，卻又能如此異樣溫柔的看待死亡。

生也有涯死也無涯，讓我們以史卡德說的一段老靈魂式笑話來結束談話吧——這是本書中他行走

於紐約大街的感言，也的確深刻而蒼涼：

「對不起，先生，你能告訴我到帝國大廈怎麼走嗎？」

「去你的，你這怪胎。」

這就是現代都市的禮儀。

我沒有看見他走進來。我坐在阿姆斯壯後排那個我向來坐的位置上。午餐的人潮已經散去，吵鬧的聲音已經降下來了。收音機裡播放的古典音樂，現在你毫不費力就可以聽得很清楚。外面一片灰濛濛的，吹著可怕的風，空氣中流動著要下雨的氣氛。不過，這種天氣真適合待在這家位於第九大道的酒吧裡，一邊喝摻有波本威士忌的咖啡，一邊讀《郵報》上有關第一大道砍人的報導。

「史卡德先生嗎？」

大概是六十歲左右。高額頭，淡藍色的眼睛上面架著一副沒有鏡框的眼鏡，變灰的金髮服服貼貼的熨伏在頭皮上。大約五呎九吋或十吋，一百七十磅上下，膚色白皙，鬍子刮得乾乾淨淨，瘦削的鼻子，嘴小唇薄，灰色的西裝，白色的襯衫，紅黑金三色條紋領帶。一手提著公事包，一手拿著雨傘。

「我可以坐下嗎？」

我朝我對面的那張椅子點點頭。他坐下來，從他胸前的口袋裡拿出皮夾，遞給我一張名片。他的手小小的，上頭戴著共濟會的戒指。

我看了名片一眼，拿還給他。「抱歉。」我說。

「但是……」

「我不需要任何保險，而且你也不會想要賣給我的。我的風險很高。」我說。

他發出一種類似緊張的笑聲。「老天啊，」他說，「你當然會這麼想，不是嗎？我不是來向你推銷東西的。我都不記得有多久沒寫個人保單了。我專門負責公司團體保險。」他將名片放在我們中間的藍格子桌布上。「拜託你。」他說。

從名片上看來，他的名字是查里士·倫敦，共同人壽新罕布夏總代理。地址在松樹街四十二號，在市中心金融區內。上面有兩個電話號碼，一個在市區，另外一個的區域號碼是九一四。應該在北邊郊區，也許在威徹斯特郡。

當崔娜過來為我們點飲料時，我手中還拿著他的名片。他點了德沃牌蘇格蘭威士忌和蘇打水，我則還有半杯咖啡沒喝完，等崔娜走開聽不見我們的談話聲時，他說：「法蘭西斯·費茲羅伊向我推薦你。」

「法蘭西斯·費茲羅伊。」

「費茲羅伊警探。第十八分局。」

「哦，法蘭克，我有好一陣子沒見到他了。我甚至不知道他現在在第十八分局。」我說。

「我昨天下午和他碰的面。」他把眼鏡拿下來，用餐巾擦亮鏡片。「他向我推薦你，我剛剛說過了，我決定考慮一個晚上。我沒怎麼睡。今天早上我有約會，然後我到你住的旅館，他們告訴我在這裡可能可以找到你。」

我等他繼續說。

「史卡德先生，你知道我是誰嗎？」

「不知道。」

「我是芭芭拉．愛丁格的父親。」

「芭芭拉．愛丁格。我不……等一下。」

崔娜端他的飲料過來，放好在桌上，一言不發的走開。他彎著手指握住杯子，但是沒有將杯子拿起來。

我說：「冰錐大盜是我知道這個名字的原因嗎？」

「沒錯。」

「應該是十年以前的事了。」

「九年。」

「她是受害人之一。我那時候在布魯克林工作。柏根街和平林區的第七十八分局。芭芭拉．愛丁格。是我們分局的案子，不是嗎？」

「是的。」

我閉上眼睛，讓記憶浮到腦海中。「她是後面幾個受害人之一。應該是第五或第六個。」

「第六個。」

「在她後面還有兩個，然後他就洗手不幹了。芭芭拉・愛丁格。她是個教師。不是教師，但類似這樣的工作。一家日間托兒所。她在一家托兒所工作。」

「你的記憶力不錯。」

「應該可以更好的。但是我只辦到判斷又是冰錐大盜後，就把案子轉給專案承辦人。我想起來了，是中城北區。事實上，法蘭克・費茲羅伊那時候就在中城北區。」

「完全正確。」

我突然記起那時候的感覺。我記得在布魯克林的一間廚房裡，死亡不久的腥臭味壓過烹煮食物的味道。一個年輕的女人躺在油氈上，衣衫零亂，身體上有數不清的傷口。我記不得她的長相，只知道她死了。

我喝完我的咖啡，真希望我喝的是純波本威士忌。坐在我對面的查里士・倫敦啜了一小口他的蘇格蘭威士忌。我看著他金戒指上的共濟會標誌。我覺得很奇怪，那些標誌代表什麼意義，還有這些標誌對他個人而言又代表什麼。

我說：「幾個月的時間內，他殺了八個女人。從頭到尾都使用相同的犯案手法，大白天裡在被害人的家中展開攻擊，用冰錐戳得傷痕累累，攻擊了八次以後銷聲匿跡。」

他沒說半句話。

「九年後他們逮到他。什麼時候的事？兩個禮拜以前嗎？」

「快三個禮拜了。」

我沒有特別用心讀那則新聞報導。兩個上西城的巡邏警察在街上攔住一個行跡可疑的人，搜身時翻出一把冰錐。他們把他帶回警察局，清查他的檔案，發現他服完在曼哈頓州立醫院的延長拘禁後回到街上。有人多事問他幹嘛帶把冰錐在身上，他們還真是走運。在大家都還沒弄清楚是怎麼一回事前，他就全盤招認那一長串還未破案的謀殺案。

「他們登出了他的照片，」我說，「小個子，不是嗎？我不記得他的名字。」

「路易士·品奈爾。」

我看了他一眼。他的手放在桌上，指尖對著指尖，他低頭看著自己的手。我說他一定覺得如釋重負，經過這麼多年，凶手終於被抓到了。

「沒有。」他說

音樂正好在這時停了。收音機播音員推銷訂閱一本奧多本協會出版的雜誌。我等它結束。

「我有點希望他們沒有抓到他。」查里士·倫敦說。

「為什麼？」

「因為他沒有殺害芭芭拉。」

之後我回去把三份報紙都讀過了，報導中大略提到品奈爾招認了七件冰錐大盜殘殺案，但是他否認第八件是他幹的。就算我先前已經看過這則消息，我也不會把它放心上。誰知道一個患有精神病的殺人犯在事情過了九年後還能記得些什麼？

根據倫敦先生的說法，品奈爾並非僅憑記憶，他還有不在場證明。在芭芭拉·愛丁格被殺的前一天晚上，品奈爾因東二十街一家咖啡店服務員的控告而被警察帶走。他被帶到貝勒浮醫院觀察了兩天才放出來。警方和醫院都記錄得十分清楚，芭芭拉．愛丁格被殺時，他被關在禁閉室裡面。

「我不斷告訴自己他們一定弄錯了。行政人員記錄進出院日期可能會出錯。但是他們並沒有弄錯。品奈爾對這件事的態度更是斬釘截鐵。他十分願意招認另外七件謀殺案，我推斷他多少以此為榮。但是他著實氣憤別人將他沒犯的案子栽贓給他。」倫敦說。

他拿起杯子，根本沒喝又放下來。「幾年前我就放棄了，」他說，「我認為永遠抓不到殺死芭芭拉的凶手是理所當然的。一連串的殺戮突然停止，我猜這個殺人犯不是死了就是離開這裡了。我幻想他經歷了片刻神志清明，認清自己的所做所為，於是自殺了。假如能讓我繼續相信這個幻想，我的日子就會好過一些，我猜想這類的事情偶爾會發生，正如一位警官曾經告訴過我的那樣。接著我就想，芭芭拉是因為自然的不可抗拒力而死的，就好比說她是死於地震或水災。殺她的力量沒有人知道而且也沒有辦法可以知道。你了解我的意思嗎？」

「我想我了解。」

「現在一切都改變了。芭芭拉並非死於不可抗力。芭芭拉是被人謀殺的，而且殺她的人把她的死布置得像是冰錐大盜的傑作。殺死她的人肯定是個十分冷靜和精明的殺人犯。」他將眼睛閉上片刻，臉部一邊的肌肉抽動。「這麼多年來，我一直以為她是無緣無故被殺死的，」他說，「然而，今天，情形更糟，我明白她是為了某一個原因被殺死的。對我而言，這實在太可怕了。」

「是的。」

「我去找費茲羅伊警探，看看警方現在打算怎麼做。事實上，我不是直接找上他的。我去一個地方，他們再把我送到另一個地方。他們把我傳來傳去，你明白的，他們毫無疑問的希望我知難而退，不要再麻煩他們了。最後，我終於找到費茲羅伊，他告訴我他們不打算緝拿殺害芭芭拉的凶手。」

「你希望他們做什麼呢？」

「重新調查這個案子。著手偵查。費茲羅伊讓我明白我的要求不切實際。我原本很生氣，但是他把我說服了。他說這是九年前的案子。那時候沒查到任何頭緒和嫌犯，現在當然更加不可能。幾年前他們就已經完全放棄這八件殺人案。現在有七件能結案純粹是意外之喜。對於還有一個殺人犯逍遙法外這件事，他或是任何一位和我談過話的警官似乎一點都不覺得在乎。我猜有成堆的殺人犯逍遙法外。」

「恐怕的確如此。」

「但我對這個特別的殺人犯有特別的興趣。」他的小手握成了拳頭。「她一定是被一個她認識的人殺死的。這個人還來參加她的喪禮，假裝為她哀傷。天呀，我無法忍受。」

有幾分鐘我一言不發。我向崔娜使了個眼色，要她過來點飲料。這次我點了一杯純酒。我已經喝夠了咖啡。她把酒端過來，我一口氣喝掉半杯。我感覺到它的熱氣流遍全身，驅走了一些寒意。

我說：「你要我做什麼呢？」

「我要你找出殺死我女兒的人。」

一點都不令人驚訝。我說：「也許沒有辦法。」

「我知道。」

「就算有一條線索，經過了這九年也不管用了。我又能做什麼警察做不到的事呢？」

「你能夠盡力去做。這是他們做不到，或至少是不願意做的事，結果都一樣。我不是在指責他們不肯重新調查是不對的。但問題是，我要他們重新調查，而我又對他們使不上力，但對你，我可以僱用你。」

「不見得。」

「麻煩你再說一遍？」

「你不能僱用我，我不是私家偵探。」我解釋道。

「費茲羅伊說——」

我繼續說下去，「他們有執照，而我沒有。他們會填表格，寫三份一式複寫的報告，他們用單據報支出帳——申請退稅，他們做那些我不做的事。」

「史卡德先生，那麼你都做些什麼呢？」

我聳聳肩膀說：「有時候我幫別人忙，有時候接受我幫的人一些錢，做為回報。」

「我想我明白。」

「你明白嗎？」我把剩下的酒喝光。我想起布魯克林那間廚房裡的屍體。白色的皮膚，刺開的傷口旁黑色的血跡斑斑。「你要將殺人犯繩之以法，」我說，「你最好先弄清楚那是不可能的。就算真有個凶手逍遙法外，就算真的有辦法把他找出來；但是過了這麼多年，不會有什麼證據留下來的。不可能在某人放五金工具的抽屜裡找到沾染了血跡的冰錐。我可能運氣好能找到一點蛛絲馬跡，然而這東西卻不足以拿來放在陪審團面前做為呈堂證物。某人殺了你的女兒至今逍遙法外，這件事讓你痛心。但是，如果你知道是誰做的，卻又拿他無可奈何，你不會覺得更加沮喪嗎？」

「我還是要知道。」

「你可能會知道一些你不喜歡的事情。你自己說的——某人為了某個理由殺了她。不知道那個理由，你可能會活得快樂一點。」

「是有可能。」

「但你想冒這個險。」

「是的。」

「好吧，我想我可以試著和幾個人談一談。」我從口袋裡拿出筆和記事本，翻到空白處，把筆套拿掉。「我們現在就開始吧。」我說。

8

我們談了將近一個小時，我記了一大堆筆記。這中間，我又叫了一杯雙份波本威士忌。他則叫崔娜把他喝的東西收走，倒一杯咖啡給他。我們結束談話之前，崔娜為他續杯兩次。

他住在威徹斯特哈德遜河上游的哈士汀。芭芭拉五歲的時候，他們從市區搬到那裡，那時她的妹妹琳恩三歲。三年前，也就是芭芭拉去世六年後，倫敦的太太海倫因癌症去世。他現在一個人住在那裡，每隔一陣子他就有把房子賣掉的念頭，不過到目前為止他還不曾跟房地產經紀人談到告示出售的事。他認為他遲早要這麼做的，到時候他可能搬到市區裡或在威徹斯特找間花園公寓。

芭芭拉活了二十六年。假如她還活著，現在應該三十五歲了。她沒有小孩。死的時候已經懷有幾個月的身孕了，倫敦是在她死後才知道的。講到這件事，他的聲音都變了。

道格拉斯·愛丁格在芭芭拉死後數年再婚。他們結婚時，他是政府福利部門的環境調查員，謀殺案發生後不久，他就辭掉這份工作，改行做行銷。他第二任太太的父親在長島擁有一家體育用品店，他們結婚後愛丁格成為合夥股東。愛丁格現在和妻子住在米尼歐拉，有兩個或三個小孩——倫敦不太確定小孩的數目。愛丁格一個人來參加海倫的葬禮，倫敦從那時候到現在一直沒有和他聯絡，也從未見過他的新任太太。

琳恩·倫敦這個月正好滿三十二歲。住在喬爾西區的她在一家實驗私立學校教四年級。芭芭拉去世後不久她就結婚了，她和她的丈夫結婚兩年多後分居，不久隨即離婚。沒有小孩。

他提起其他一些人。鄰居、朋友、芭芭拉工作的那家托兒所老闆、那裡的一位同事、她大學最好的朋友。有時候他記得名字，有時候不行，他把片片段段提供給我，我可以從中自己找資料。但其中沒有任何一項可以指出本案的方向。

他講了許多題外話。我不想侷限他的話題。我想讓他天馬行空的講，我更能對死者有全盤的了解。然而，儘管如此，我還是沒能對她產生真實的感覺。我只知道她長相迷人，十幾歲時很受歡迎，在學校裡表現良好。她熱心助人，喜歡和小孩子在一起，她一直渴望有自己的家庭。從童年到她不能再活下去的年齡都是一個無邪而具有溫柔美德的女人影像。我有個感覺，他並沒有非常了解芭芭拉，由於工作忙和父親這個角色的關係，他對她的感覺並不完全可信。

這並不稀奇，很多人在自己的小孩為人父母前並不真正了解自己的小孩，而芭芭拉並沒能活到那個時候。

當他能告訴我的都說完了以後，我大略看了一下我的筆記，然後把本子闔上。我告訴他我會看著辦。

「我需要一些錢。」我說。

「要多少？」

我從來就不知道如何開價錢。什麼叫太少？什麼又叫太多？我知道我需要錢——一向都如此，他也許可以源源不絕的供應。保險經紀人有的賺很多錢，也有只賺一點點的，但我認為推銷公司團體保險應該收入頗豐。我用擲銅板來做決定，數目是一千五百元。

「這筆錢能買到什麼？史卡德先生。」

我告訴他我真的不知道。我說：「買我的努力。我會用這些錢做到有些結果出來或是直到我確定不會有任何結果。如果情況比我預期的提早明朗化，我就賺到你的錢，你也得到一些你想要的。假如我覺得我能查到更多東西，我會告訴你，你可以到時候再決定要不要付我錢。」

「非常隨意，不是嗎？」

「你可能不太習慣這個方式。」

他考慮著但沒說什麼。隨後，他拿出支票簿，問我支票抬頭要怎麼開。我告訴他開給馬修．史卡德，他照著寫上去，把支票撕下來，放在我們中間的桌子上。

我沒有把它拿起來。我說：「你曉得，我不是警方之外唯一的選擇。還有許多人才濟濟的大公司，他們的做法要正規得多了。不但報告詳盡，收費和支出也精確計算。此外，他們可以取得的資源比我多。」

「費茲羅伊刑警也這麼說。他說他也可以推薦幾家有名的徵信社給我。」

「但是他推薦我？」

「是的。」

「為什麼？」我當然知道一個理由，但不是他告訴倫敦的那一個。

倫敦第一次露出笑容。「他說你是個狗娘養的瘋子，」他說，「這是他說的，不是我。」

「還有呢？」

「他說你會全心全力的投入，這是一般大徵信社做不到的。而且，一旦你的牙齒咬到東西，你絕不鬆口。他說雖然這案子看起來勝算不大，但你就是可以找出殺死芭芭拉的凶手。」

「他這麼說嗎？」我拿起他的支票，用心看了一下，對折起來。我說：「他說得對。我會的。」

2

那時候要去銀行已經太晚了。倫敦走後，我走去吧台結帳，順便跟店家借了點錢。我的第一站是第十八分局，我考慮到兩手空空的去不禮貌。

我先打電話確定他在，然後搭往東的巴士，再轉另一輛往市中心的巴士。阿姆斯壯酒吧在第九大道靠五十七街的轉角處。我住的旅館在五十七街。第十八分局坐落在警察專科學校的一樓，這是一幢八層樓高的建築物。新生訓練，還有巡佐跟小隊長的升等考試補習課程都在這裡進行。這裡有一個游泳池，一間配備有重量訓練機和一條跑道的體育館。在這裡可以上武術課，或到射擊場練習，把耳朵給震聾。

我感覺到那種每次我進警察局都會有的心情。我覺得自己像個騙子，而且是個失敗的騙子。我在辦公桌旁停下來，說我來找費茲羅伊刑警。穿制服的警員揮手叫我進去。他可能把我當成自己人。我一定仍舊看起來像個警察，或走起路來像個警察，或是什麼的。一般人這麼看我。甚至連警察也是。

我直接走到小隊辦公室，看見費茲羅伊在角落一張辦公桌上打報告。桌上堆放著六個保麗龍免洗咖啡杯，每杯都還剩約一吋高的淡咖啡。費茲羅伊指著一張椅子，我坐著等他做完報告。隔幾張桌子，兩個警察和一個瘦得皮包骨又長得一雙青蛙眼的黑人小孩吵翻了天。我猜他是因為做莊賭西班牙紙牌被抓。他們不會太為難他的，況且那也還稱不上是世紀之罪。

費茲羅伊還是我記憶中的老樣子，也許年紀大了些，體重也多了些。我不認為他會花很多時間在跑道上運動。他有張結實的愛爾蘭臉龐，灰色的頭髮，留個小平頭。不會有太多人把他當成會計師、管絃樂團指揮或計程車司機，也不會以為他是個速記打字員——他在打字機上花了不少時間，但是他只用兩根手指頭打字。

費茲羅伊終於做完了，他將打字機推到一邊去。「我發誓全部的工作都是紙上談兵，」他說，「光做這個和出庭，誰還有時間去調查什麼？嗨，馬修，」我們握握手。「好久不見了。你看起來倒不怎麼糟。」

「我應該很糟嗎？」

「不是，當然不是。要不要喝點咖啡？要不要加牛奶和糖？」

「咖啡就好。」

他走到咖啡機那兒去，又拿了兩個保麗龍咖啡杯回來。那兩個刑警還在戲弄那個賭紙牌的莊家，說他們懷疑他是第一大道的砍殺狂。那孩子很有分寸的順著他們一起開玩笑。

費茲羅伊坐下來吹涼他的咖啡，喝了一小口，做個鬼臉。他點燃一支香菸，靠在他的旋轉椅上。他說：「倫敦先生。你見過他了嗎？」

「剛剛不久前。」

「你怎麼打算?你會幫他完成心願嗎?」

「我不知道話是不是這麼講。我是告訴他我會試看看。」

「對呀,馬修,我想你可以從這裡面得到一點好處。這傢伙想要花點銀子。你知道這像什麼嗎?就好像要他的女兒活過來,然後再死一遍,他以為他可以辦得到這件事。問題是他根本就辦不到。但是,如果能讓他花一點錢,他會覺得好過一些,而這筆錢為什麼不能給一個用得上它的好人呢?你知道,他有幾個錢,而且這又不是在敲詐一個跛腳的送報生。」

「我也是這麼想。」

他說:「所以,你答應了要試試看。那好。他要我推薦個人給他,我馬上就想到你。何不把生意介紹給朋友呢,對不對?人們互相照顧,才能使地球繼續轉動。他們不是這麼說嗎?」

他去倒咖啡的時候,我在手裡放了五張二十元的鈔票。現在我身體往前靠,把錢塞到他手中。

「好啦,我可以利用幾天的時間來做這件事。我很感激。」我說。

「聽著,朋友就是用來罩的,對嗎?」他一下子就把錢收起來了。朋友是用來罩的,沒錯,不過恩情就是用來還的,天下沒有白吃的午餐,警局裡外皆然,沒道理為我破例。他繼續說道:「所以,你要去找線索並且問一些問題。他要玩多久,你就哄著他玩多久,但你也不需要太賣命。看老天爺份上,九年了。結得了這件案子,我們再用飛機把你送去達拉斯,讓你去猜一猜是誰殺了約翰.甘迺迪。」

「破案的線索一定很難找。」

「比傳說中凱爾西的難題還難破解。如果那時候有任何理由讓人想到她不是冰錐大盜死亡名單上再添的那一筆，那也許就會有人深入一點去探查。不過你也知道事情是如何進行的。」

「當然。」

「現在第一大道上有個傢伙在街上揮舞著一把屠刀四處砍人。我們推測這些都是隨意攻擊事件，對吧？我們不會跑去問受害人的老公，他老婆有沒有和郵差搞上，就好像她，叫什麼來著，愛丁格。也許她就是和郵差亂搞才會被殺死的。不過，當時看起來似乎沒有必要清查這方面的問題，如今想要這樣做，簡直像是要變魔術。」

「是呀，至少我會做做動作。」

「當然，為何不？」他用手輕輕拍著一個紙面壓有百摺細紋的牛皮紙檔案夾。「我叫他們把這個調出來給你。你何不花個幾分鐘大略看一下？我必須去見一個人。」

∞

他去了半個多鐘頭。在這段時間內，我用我的方法讀完冰錐大盜的檔案。在我結束之前，那兩個刑警把賭紙牌的莊家押到拘留室，急急忙忙走出去，顯然想去找找看有沒有第一大盜砍殺狂的消息。這個砍殺狂在第十八分局已小有名號，第一大道離分局所在地只有幾個街區，他們顯然急著把他逮到。

法蘭克・費茲羅伊回來時，我已經看完檔案了。他說：「如何？找到什麼？」

「不很多。我做了一些筆記，大部分是姓名和住址。」

「經過這九年，資料都不準了。人們搬來搬去，生活也他媽的整個改變了。」

上天明鑑，我的生活真的整個改變了。九年前，我是紐約警察局的刑警。我，我太太，和兩個兒子住在長島一幢有草皮，有後院，有烤肉架的房子裡。雖然，有時候我覺得要決定人生的方向實在很困難，但是無論如何我離開了。而我的生活當然也改變了。

我輕輕的拍了一下檔案夾說：「品奈爾，有多少把握確定他沒有殺芭芭拉・愛丁格？」

「信用保證，馬修。絕對可靠。他那時人在貝勒浮醫院。」

「那裡經常有人溜進溜出。」

「我同意，但他那時候穿著緊身囚衣。那個多少會限制行動。此外，有些跡象顯示愛丁格命案與其他幾件不同。只有用心去找，才會注意到，但它們確實存在。」

「比如說？」

「傷口的數目。在八個受害人當中，愛丁格的傷口數最少。這個差別不是關鍵性的，但是已經夠明顯了。再者，其他受害人在大腿處都有傷口。愛丁格腿上和腳上則都沒有刺傷的傷口。問題在於受害人之間原本就互有差異。他可不是用糕餅模子來做這些謀殺案。因此，愛丁格與其他人之間的差異在那時候並不顯得突出。大腿處傷口較少或沒有傷口，可以看成是因為時間倉促，他聽見或者他認為他聽見有人來的聲音，所以他沒時間給她做完全程處理。」

「當然。」

「當初會判定是冰錐大盜殺了她的主要依據你是知道的。」

「眼睛。」

「對。」他點頭表示同意，「全部的被害人都被刺穿了雙眼。一隻眼球戳一刀這一點從未見報。我們總是處心積慮保留一兩點省得被那些跑來捏造口供的神經病給愚弄了。你絕不相信有多少小丑跑來說自己在街上砍人。」

「我可以想像得到。」

「而你得逐一清查然後還要錄口供這才真是氣死人。無論如何我們回頭說愛丁格。冰錐大盜總是攻擊眼睛。我們隱藏了細節，但是愛丁格的一隻眼睛也被刺穿了。所以你會怎麼想？既然看到有一隻眼睛被戳穿了誰還會去管她的大腿有啥鬼傷沒有？」

「但是只有一隻眼睛。」

「對了，這也是一個不同的地方。但是再加上全身傷口數目較少，以及大腿上沒有傷，他趕時間，沒時間做完全。你不這麼推測嗎？」

「任何人都會這麼想。」

「當然。你還要再喝點咖啡嗎？」

「不了，謝謝。」

「我想我不能再喝了。我今天已經喝太多了。」

「你現在怎麼認為，法蘭克？」

「愛丁格？我認為是怎麼一回事？」

「嗯哼。」

他抓抓他的頭，沿著鼻梁兩邊在額頭上皺起兩條垂直線。「我不認為事情很複雜，」他說，「我想有個人看報紙和電視並且正好看到這則有關冰錐大盜的消息。你也知道一直都有這些好模仿的人。他們是一群沒有想像力自創名號的瘋子，所以他們只好依附別人瘋狂的主意。有些瘋子看了六點新聞，然後走出去買了一把冰錐。」

「然後湊巧也在她的眼睛上戳了一刀？」

「也許。有可能。或許他只是心血來潮，認為這是個好主意，就像品奈爾那樣。或許是消息洩露出去了。」

「我就是這個想法。」

「就我記憶所及，報紙或電視新聞裡都沒有提到這一點。我是指沒有提到戳穿眼睛這一點。但是，也許媒體已經披露了這一點，後來才被我們壓下來，但是這個瘋子已經看到或聽說了，並且在腦海裡留下了印象。或許消息沒有傳到媒體，但卻在警局裡面傳開了。我們有幾百個警察或多或少知道一些，加上參與驗屍的，加上看過記錄的，所有的行政人員及其他所有的人，他們每個人再告訴三個人，全部這些人又都來談這個話題。那麼，需要多久才會有許多人知道這件事？」

「我懂你的意思。」

「要說呢，關於眼睛這件事，看來也只有神經病才會這麼做。某個傢伙為了一時的刺激做這一票，然後就洗手不幹了。」

「這一點你怎麼想，法蘭克？」

他往後靠，手指交叉放在頭後方。他說：「如果說是她丈夫為了她與郵差亂搞而要殺她，而且他要把它弄得像是冰錐大盜做的，這樣他就不必負任何責任。假如他知道關於眼睛的事，他會兩個眼睛都這麼做的，對嗎？他不會冒險。瘋子，一定又是一個瘋子。他做了一隻眼睛因為那代表某種意義，可是他也許覺得厭煩，所以他沒做另一隻眼睛。誰知道他們那些該死的腦袋裡想些什麼？」

「假如是個神經病的話，那就沒有辦法可以抓到他了。」

「當然沒有辦法。事情過了九年以後，你還想要找一個沒有動機的殺人犯？這就像要在稻草堆裡找針，而且這根針還不在稻草堆裡。不過，這也無所謂。你接下這個案子玩玩，等你玩不下去的時候，只消告訴倫敦這案子必定是個神經病幹的即可。他會很高興聽你這樣說的。」

「為什麼？」

「因為九年前他就是這麼想的，而且他已經習慣了這個想法。他接受它了。現在他開始害怕是某個他認識的人，這個想法弄得他都快要瘋了。因此，你現在只為他一個人展開調查，並且告訴他一切都沒有問題。太陽每天早晨仍舊由東邊升上來，他的女兒仍舊是被一種他媽的不可抗力所殺死的。他會再次放鬆心情去過他的日子。他會覺得這筆錢花得很值得。」

「你說的可能對。」

「我當然是對的。你甚至可以省去跑來跑去的工夫，就這麼坐著耗上一個禮拜，然後把你打算好要告訴他的告訴他。但是，我不認為你會這麼做，是吧？」

「是的。我會盡全力去做。」

「我想你至少會做出個樣子。因為，馬修，你仍然是個警察，是不是？」

「我是這麼想。在某一方面。不管這代表什麼意義。」

「你沒有什麼固定收入吧？你就這樣來一件工作做一件。」

「對。」

「你有沒有想過回來工作？」

「回警局？偶爾吧。而且從來沒有認真過。」

他猶豫了一下。有些問題他想問我，有些話他想對我說，但他決定不說出來。我很感激他這麼做。他站起來，我也是。我謝了他的時間和情報。他則說這是老朋友應該要做的，他很樂意幫好朋友的忙。對於換過手的一百元，我們兩個都沒提。我們幹嘛要提呢？他很高興拿，我也很樂意給。受人恩惠一定要回報，否則不會有好下場。不管用什麼方法，你總是要回報的。

3

我和費茲羅伊談話時，天空下了一點小雨。我走到外面時，雨已經停了。不過我覺得今天的雨還沒下完。我在第三大道的轉角處喝了一杯，並且看了一段新聞廣播。他們公布了警方所繪的砍殺狂素描，和《郵報》頭版上刊登的相同。圖片上是一個圓臉的黑人，蓄留修剪整齊的鬍子，頭上戴著一頂無邊的帽子。一雙杏仁型的大眼睛露出狂暴的凶光。

「想像一下你在街上發生這種事，」酒保說，「我告訴你，很多人拜此事件之賜取得手槍許可證。我也正考慮要去填申請表。」

我想起我不再帶槍的那一天，同時交回我的防彈衣。沒有腰際那一塊鐵，我有一股十分脆弱的感覺，但現在我幾乎無法回想起當初配著槍在街上走的感覺。

我喝完我的飲料後離開。那酒保會拿到槍嗎？也許不會。大多數人說的比做的多，但是，每當有這類的瘋子上了頭條新聞，不管是個砍殺狂或冰錐大盜，就會有一群人拿到槍枝許可證，另外一群人則購買非法槍枝。在這些人當中，總有幾個人會在喝醉酒後，拿槍射殺老婆，但從來沒有一個人因此而逮到那個砍殺狂。

我往住宅區走，在路上一家義大利餐館停下來吃晚餐。然後在四十二街的中央圖書館待了幾個小時。我看了微卷舊報紙，又看了新的和舊的波卡市區地圖。我做了一些筆記，但不是很多。我主要是想試著讓自己深入到這個案子的情境裡，在時光隧道中後退幾步。

我走出來時，天空在下雨。我叫了一部計程車到阿姆斯壯酒吧，在吧台找到一張凳子坐下來。這裡有人可以聊天，有波本酒可以喝，有足夠的咖啡可以防止疲勞。我不是真的很喜歡這樣，我只是順著過，勉勉強強，就這樣一天混過一天。然後你會很驚訝，一個人居然不管什麼日子都可以混得過去。

∞

第二天是星期五。我用早餐時，讀了一份報紙。昨晚沒有砍殺事件發生，但是案子仍舊毫無進展。在厄瓜多，有幾百個人死於地震。最近好像死了比較多人，也許是因為我比較注意這類消息的緣故。

我到銀行去，把查里士·倫敦的支票軋進我的戶頭，並且領出一些現金和一張五百元的匯票。他們給我一個信封裝匯票，我要把它寄給西歐榭區的安妮塔·史卡德太太。我拿著銀行的筆，在櫃檯邊站了幾分鐘，想要寫幾個字放在裡頭，但我終於還是只有寄出匯票。匯票寄走了以後，我想到要打電話跟她說一聲，但是看起來這個比尋思那張便條要怎麼寫還要煩人。

今天天氣還不壞。雲朵遮住了太陽，但還是看得見一小片一小片的藍色天空，空氣中有種特別的香味。我到阿姆斯壯酒吧還了之前借的錢，沒喝任何東西就離開了。這時候喝第一杯還太早。我離開後，向東走過一個很長的街區，到哥倫布圓環，搭上一部地鐵。

我走D線到史密斯和柏根街下車後回到外面的陽光。我四處走走，確認自己的位置，往東過去六七個街區就是七十八分局，我曾經在那裡短暫服勤。那是好久以前的事了，在那段時間裡面，我有時候會到布魯克林來，沒有一樣東西看來似曾相識，當時這個地方屬於布魯克林區的一部分，但是一直到最近才有自己的名字。現在，這裡一部分叫圓石丘，另外一大片叫波朗坡區，這兩個地方都全力參與褐石建築復興運動，鄰近紐約的各地區沒有靜止不動的，他們沒有變進步就是變墮落，泰半個市區看來都要瓦解了。在南布朗克斯區，一個接著一個街區都是被焚燒掉的建築物。在布魯克林，同樣的情形侵蝕著布什維克和布勞斯維樂。

這裡的街區則朝另一個方向發展。我在這些街道裡穿上穿下，終於明白變化在哪裡。每一條街道都有樹木，它們大部分都是這幾年才種上去的。雖然有些褐石及磚砌建築物荒廢失修，但大部分還是都妝點得煥然一新。商店也反應出改變的情形。史密斯街上的健康食品店，華倫和邦德街口的時裝店，稍具格調的餐廳也隨處可見。

芭芭拉．愛丁格死亡和生前居住的房子位於尼文和邦德之間的威考福街，這是一幢磚造的建築物，樓高五層，每一層樓有四戶小公寓。因此，它不像其他的褐石建築物一樣，變回原來的獨棟住家。不過，房子變乾淨了些，我站在門廳處檢查信箱上的姓名，和我抄下來的舊市區指南資料比對，總共二十家住戶中，只有六戶自謀殺案發生以來還一直住在這裡。

信箱上的姓名不完全可信，人們因結婚或離婚而改變他們的姓名。為抑制房東調漲租金，公寓常被轉手租出去。早就不住在這裡的房客姓名，卻一直還留在租約和信箱上，或者，承租人找人來同住，後來自己先搬出去了。沒有捷徑。你必須敲遍所有的門。

我按了門鈴，有人按對講機讓我進去，我先走上頂樓再一路訪談下來。有張名牌能亮一亮，事情會比較簡單，但是舉止比識別證重要，而且就算我想也擺脫不掉那種氣質，我沒有告訴任何人我是警察，但我也沒有要讓他們不以為我是個警察。

我的第一個訪談對象是住在頂樓後排公寓的一位年輕媽媽。我們談話時，她的小孩在隔壁房間哭。她告訴我說她搬進來這裡還不滿一年，對於九年前發生的命案她什麼都不知道。她很著急的問我命案是否就發生在她住的這間公寓，當她得知不是的時候，立刻就鬆了一口氣並且好像很失望的樣子。

四樓前排公寓裡的一個斯拉夫女人給我倒了一杯咖啡，她的雙手有淡褐色的肝斑並且因患關節炎而彎曲。她讓我坐在長沙發上，再把她的椅子轉過來面對著我。她那張椅子固定在適當的位置上，讓她可以看見街道。她告訴我她在這棟公寓住了將近四十年，四年前她先生還在，但是現在他去世了，留下她一個人。她說附近的環境愈來愈好。「但是老一輩的都死了，多年來我購物的地方也不見了，還有每一樣東西的價格。我真不敢相信這些價錢。」

她記得冰錐謀殺案，雖然她很驚訝這件事居然已經過去九年了。對她來說，沒那麼久，她說被殺死的那個女人是個好人。「只有好人才會被殺害。」

除了說她人很好以外，關於芭芭拉．愛丁格的事她記得的好像不多，她不記得芭芭拉是否對某鄰居特別友善或不友善，也不記得她和她的丈夫處得好或不好，我甚至懷疑她是否還記得那女人長什麼樣子，真希望我能拿張照片給她看。如果我先前就想到這一點，會向倫敦要一張她的照片。

維格小姐是另一個住在四樓的女人，她是唯一向我要證明文件的，我告訴她我不是警察。她拴著門鏈，透過一個兩吋寬的門縫和我說話，這個對我來說並非無法理解，她剛搬來這裡沒幾年，知道這件命案發生在這裡還有冰錐大盜最近被捕落網，但是她對這件事的所知所聞僅止於此。

「大家都隨便讓人進來，」她說，「我們這裡有對講機，但大家也不問清楚你是什麼人就開門讓你進來。大家都在談論犯罪的事情，但是他們不相信會發生在他們自己身上。然後，事情真的就發生了。」我想告訴她只要有一支門閂剪，要弄斷她的門鏈實在很容易，但我認為她的焦慮程度已經有夠高了。

那一天很多住在這裡的人都不在。三樓，芭芭拉住的那個樓層，後排公寓有一間沒有人應門，我停在隔壁那間公寓的門口，有迪斯可的音樂節奏穿門而出，我敲門，過了一會兒一個二十多歲接近三十歲的男人來開門，他留短髮和鬍鬚，只穿了一條藍白條的短褲，他全身肌肉結實，曬黑的皮膚上閃爍著一層薄薄的汗水。

我告訴他我的名字並且說我想請教他幾個問題，他帶我進去，把門關上，然後走過我身邊到房間的另外一頭，他先將收音機音量關小一半，停了一下，再完全關掉，在沒有鋪地毯的木條鑲花地板中央放著一塊大草蓆。一隻舉重桿和一對啞鈴橫放在草蓆上，另外還有一條跳繩捲成一堆扔在旁邊的地板上，「我剛才正在健身，」他說，「你不坐下來嗎？這張椅子滿舒適的，另外一張剛坐下去還好，但不適合久坐。」

我坐在椅子上，他則盤著腿坐在蓆子上，當我提起3A的謀殺案時，他眼睛一亮的表示他知道。「唐納告訴過我，」他說，「我才在這裡住了一年多一點點，但唐納在這裡就住得久了，他眼看著這一帶變得正點起來，幸好這棟特別的建築物還保留著它本質上的寒酸，你也許想和唐納談一談，但是他出去工作要六點或六點半才會回來。」

「唐納姓什麼？」

「基爾曼，」他拼出這個字的字母，「我叫羅飛．華高納，我在最近才看到有關冰錐大盜的報導，我當然不記得這件案子，我那時才讀高中，在印第安納的家鄉，慕西，印第安納離這裡好遠，」他想了一下，「不管從哪個方面來看。」他說。

「基爾曼先生和愛丁格夫婦很熟嗎？」

「還是由他自己來回答比較好，你們已經抓到凶手了，不是嗎？我看到報導說他一直被關在精神病院，而且沒有人知道他殺過人，後來他被放出來，他們又抓到他，而他自己坦承犯案或什麼的？」

「差不多是這樣。」

「現在，你是要確定你這個案子也是他幹的。」他笑了，他有一張好看而且天真的臉，穿著短褲坐在蓆子上。他的樣子看起來很輕鬆，一般同性戀者通常都會比較有警覺性，特別是有警察在場的時候，「這麼多年以前發生的事一定會變得很複雜，你和茱蒂談過了嗎？茱蒂．費爾鮑，她就住在以前愛丁格夫婦住的那間公寓，她上夜班，做女侍，所以她現在應該在家，除非她去試唱，上舞蹈課，或逛街，或除非她出去，否則她會在家，難道還有例外嗎？」他又笑了，完全露出牙齒。「還是，也許你已經和她談過了？」

「還沒有。」

「她是新搬來的，我想她才搬來六個月左右，這樣你還會想和她談一談嗎？」

「要。」

他伸開盤著的雙腿，輕快的站起來。「我幫你介紹，」他說，「等我穿上衣服，一下子就好。」他再出現時穿著牛仔褲，法蘭絨襯衫，沒穿襪子踩著跑步鞋，我們穿過廳堂，他敲3A公寓的門，先是靜悄悄的，然後傳出腳步聲和一個女人應門的聲音。

「是羅飛，」他說：「還有一名警察要來拷問你，費爾鮑小姐。」

「嗨？」她說。一邊把門打開，她真像羅飛的姐妹，有著同樣淡棕色的頭髮，相同的臉部特徵，和中西部人開朗的表情。她也穿牛仔褲，還有一件毛衣和一雙便宜的拖鞋，羅飛幫我們介紹，她往旁邊站，示意我們進去。她完全不知道關於愛丁格夫婦的事，她對這件謀殺案的認識僅止於命案就發生在這裡的事實。「我很高興搬進來以前我不知道這件事，」她說，「我可能會被嚇到，這實在太蠢了，不是嗎？公寓很難找，誰有那個本錢去迷信？」

「沒有人，」羅飛說，「沒有這個市場。」

他們談論著第一大道的砍殺狂，還有最近發生在本地的竊盜風。一個星期前，這裡的一樓就發生過一次，我問她可否看一下廚房，在我問這個問題的時候，我已經走在去廚房的路上了。我想，無論如何，我應該還記得廚房的隔間位置。但是，我已經去過這棟大樓的其他公寓，每一幢的隔間其實都相同。

茱蒂說：「就是在這裡發生的嗎？在這間廚房裡？」

羅飛問她，「你以為在哪裡？在臥室嗎？」

「我不想去想這個問題。」

「你甚至不覺得好奇？在我聽來是過於壓抑了。」

「也許吧。」

我不加入他們的對話，我試著去回憶這個房間，跳過這九年，再一次處身在現場，站在芭芭拉·愛丁格的屍體旁邊，她很靠近爐子，兩腿伸到廚房的中央，她的頭朝向起居室。地板上有張油氈，現在沒有了。原來的木地板經過整修，處理得光光亮亮的，爐子看起來也是新的，除去灰泥而露出磚砌的外牆。我不能確定以前磚塊有沒有露出來，也不能確定我心中的影像有幾分真實。回憶是一種合作的動物，很願意討好；供應不及時，常常可以就地發明一個，再小心翼翼的去填滿空白。

為什麼在廚房？這扇門通往起居室，因為她認識他，或儘管事實上她不認識他，她都讓他進來。然後發生了什麼事？他抽出冰錐，而她想逃跑？他抓住她站在油氈上的腳跟，爬過去，然後用錐子攻擊她？

廚房居中，隔開起居室和臥房，也許他是她的情人，他們正要走進臥房，他突然用那幾吋長的冰錐攻擊她。但是，為什麼他不等到他們走到臥房才下手？

也許她在爐子上煮東西，也許她正在為他沖咖啡，廚房太小了不能在裡面用餐，但是也足夠兩個人舒舒服服的站著等水燒開。

這時，突然有一隻手蒙住她的嘴巴，並且一刀刺進心臟要了她的命。之後，再用冰錐補上幾刀，讓它看起來像是冰錐大盜的傑作。

是第一刀置她於死地的嗎？我記得有很多血滴，屍體不會一直流血，但是大部分戳刺的傷口也不會。驗屍報告指出心臟的那一刀多少可以立即致死，此一致命傷可能是她挨的第一刀或最後一刀。這些在驗屍報告中我都看過了。

茱蒂·費爾鮑將茶壺裝滿水，點燃了一根火柴棒，水開時沖了三杯即溶咖啡。我希望我的咖啡裡能加點波本，或者乾脆給我一杯純波本，但沒有人提議這樣做，我們各自拿著杯子走進起居室，她說：「你看起來好像見到鬼了。不，我說錯了，你看起來好像在找鬼一樣。」

「也許我剛才就是在找鬼。」

「我不確定我是不是相信這種事。他們認為這種情形比較常發生在猝死的情況下，死者沒有料到事情會突然發生。理論上是靈魂不能接受死亡的事實，所以遊蕩不去，因為它不知道要前進到另一個生存層面。」

「我想它在地底下走，吶喊著要復仇，」羅飛說，「你知道，腳踩使得地板吱嘎作響。」

「不，它只是不明白，你要怎麼做呢，你要找個人來安撫鬼魂。」

「我可不碰這個玩意兒。」羅飛說。

「我真以你為榮，你克制的功夫一流，那叫什麼來著，安撫鬼魂。那是驅邪的一種，魔鬼專家，或隨便你叫他什麼，與鬼溝通並讓它知道發生了什麼事，然後它就會離開，讓靈魂到靈魂應該去的地方。」

「你真的相信這一套？」

「我不能確定我相信什麼。」她說。她把翹起來的腳放下，然後又翹起來，「假如芭芭拉的靈魂還在這幢公寓流連不去，那麼她一定相當克制。木板沒有吱吱嘎嘎的響，也沒有夜半幽靈出現。」

「你的鬼很低調。」他說。

「我今晚一定要做噩夢了，」她說，「假如我睡得著的話。」

∞

我敲遍了下面兩層樓的每一間公寓，沒幾家有回應的，住戶不是不在家就是沒什麼有用的消息可以提供給我。公寓管理人住在下一個街區上一棟類似建築物的地下室公寓裡。但我看不出來去找他能得到什麼，他才來工作幾個月，而且住四樓前排公寓的老太太告訴我，過去九年來已經換過四至五位管理人了。

當我走出這棟建築物時，我因再次呼吸到新鮮的空氣而感到高興，也為再度走在街道上感到高興，我在茱蒂的廚房內感覺到一種東西，雖然我不願稱之為鬼，但我感覺到有個來自許多年前的東西拉著我，想要把我拖下去，拖到地下去。

不知道那是芭芭拉的過去還是我自己的過去，我說不出來。

8

我在狄恩和史密斯轉角處的一間酒吧停下來休息。他們有三明治，還有微波爐可以加熱，但我不餓，我很快喝了一杯，並且啜了一口解酒的清涼飲料。酒保坐在高腳椅上喝著一大杯看起來像是伏特加的東西。另外還有兩位客人，年紀和我相仿的黑人，在吧台另一端看著一個電視比賽節目。其中一人偶爾會對電視機回嘴。

我翻了翻筆記本，然後走到電話旁邊查閱布魯克林的電話號碼簿，以前芭芭拉·愛丁格工作的那所日間托兒所看來已經沒有營業了，我查看分類廣告，看看同一個住址上有沒有登記其他公司，結果沒有。

托兒所的住址在柯林頓街，我離開這一帶太久了，因此我必須打聽一下方向，結果只要走過幾個街區就到了，布魯克林這一帶的邊界一向都界定不清楚，這個地區的幅員大小大部分是房地產經紀人自行發明的，但當我走過法院街時，我已經由波朗坡區來到圓石丘了，而且兩區間的變化不難看得出來，圓石丘綠化得比較漂亮，樹木比較多，褐石建築物比例也比較高，街上大部分是白人。

我找到柯林頓街上那個我要找的門牌號碼，它位在太平洋街和親善街之間，日間托兒所已經不見了。一樓店面賣的是編織用品和針織花邊。老闆是一個肥胖而且鑲著一顆金門牙的胖女人，她不知道托兒所的事，一年半以前，一家健康食品餐廳結束營業，她才搬進來的。「我在那家餐廳用過一次餐，」她說，「他們真該關門大吉，我不騙你。」

她給我房東的名字和電話號碼，我在街角試著打電話，但卻一直忙線中，我只好走回法院街，爬了一段階梯來到他的辦公室，只有一個人在辦公室裡，一個年輕人，捲起他的袖子，面前的桌子上放了一個塞滿菸蒂又圓又大的菸灰缸，他講電話的時候，一根接著一根的抽菸，窗戶是關著的，整個房間煙霧迷漫，濃得像是凌晨四點的夜間俱樂部。

他一放下電話，我馬上逮住他，趁電話鈴聲又響起前問他幾句話，就他記憶所及，健康食品餐廳以外，那個地點也做過童裝店，同樣沒有成功，「現在我們找到做針織品的，」他說，「不過，如果我沒有猜錯的話，她明年就會結束營業。你現在能賣出多少毛線？事情就是這樣，有人為了本身的嗜好和興趣就去開一家店，健康食品，針織品，不管是什麼。但他們對做生意懂個屁，不出一年或兩年他們就做不下去了，她中止租賃合約，我們則在一個月以內以她所付價格的兩倍將房子再租出去，在高級地區是出租方市場，」他拿起電話，「抱歉，我幫不上你的忙。」他說。

「查一下你們的記錄。」我說。

他告訴我他還有許多事要辦，但話講到一半口氣由堅定轉為發牢騷。我坐在一條老舊的橡木旋轉椅上，讓他一個人在檔案堆裡亂搜一通，他把半打以上的抽屜開了又關，關了又開，最後才拿出一本檔案夾，啪的一聲扔到桌上。

「找到了，」他說，「快樂時光兒童看顧中心，什麼名稱嘛？」

「有什麼不對嗎？」

「在酒吧裡快樂時光飲料全部半價，活見鬼把這詞兒拿來用在小孩子地方，你不覺得嗎？」他搖搖頭，「他們還奇怪為什麼生意做不下去。」

我倒不覺得這個名字有何不妥。

「承租人是一個叫柯溫太太的珍妮絲．柯溫。租約五年，做了四年放棄，八年前的三月間終止合約。」那是芭芭拉．愛丁格死後一年的事，「老天，你來看看這租金，你不會相信的，你知道她才付多少錢嗎？」

我搖搖頭。

「來，你看過那個地方，你開個數目，」我看著他，他捻熄一根菸又點燃另一根。「一又四分之一，一百二十五元一個月，現在的租金是這個數字的五倍，而且一旦那個做針織的不做或租約到期，馬上還要漲價的，不管哪一種情況先發生。」

「你有柯溫太太的聯絡地址嗎？」

他搖頭，「我有一個她的永久地址要不要？」我寫下地址，他唸了一個電話號碼，我也把它記下來。

電話鈴聲響了。他拿起電話，打了招呼，聽個幾分鐘，然後有一搭沒一搭的講了一會兒，「聽著，我這兒有人在，我待會兒給你回電話，好嗎？」

他掛了電話，問我可以結束了沒有，我想不起來還有沒有其他事情，他拿起那個檔案夾說：「她在那裡做了四年，大部分的店面都在第一年就給做死了，撐過第一年，你就有機會，做兩年就大有搞頭了，你知道問題在哪裡嗎？」

「哪裡？」

「女人家，」他說，「她們是業餘的，她們沒有非做成不可的必要。她們做生意像試穿衣服一樣，假如顏色不喜歡就脫下來，她們就是這樣，我才會有生意進門。」

我謝謝他的幫忙。

「聽著，」他說，「我總是合作，那是我的天性。」

8

我撥了他給我的電話號碼，一個說西班牙語的女人接的。她對名字叫珍妮絲·柯溫的人一無所知，而且沒講多久她就把電話掛斷，沒讓我有機會多問幾句。我投下一個銅板，又撥了一次，我怕我第一次撥錯號碼，聽到同樣是那個女人的聲音，我就把電話掛斷。

電話號碼停話後到這個號碼重新給另外一個人使用，時間大概相隔一年；當然柯溫可能只是換了電話號碼，但沒有從威考福街搬走。一般人，尤其是女人，經常換電話號碼以擺脫騷擾電話的糾纏。

但我相信她搬走了，我猜每個人都搬走了，離開布魯克林，離開紐約市這五區，離開本州，我開始回頭走向威考福街的方向，走過了半個街區，轉過來，折回去，再轉過來。

我命令自己停下來，在我的胸中和胃裡有一種焦躁不安的感覺，我怪自己在浪費時間，而且開始懷疑自己為什麼一開始就收了倫敦的支票。他的女兒躺在墳墓裡九年了。殺她的人早有足夠的時間跑到澳洲去展開全新的生活，我做這些事根本他媽的毫無意義。

我站著讓強烈的情緒平復下來。想清楚我現在不去威考福街，要等一下才去，等基爾曼下班時我再去，到時候可以順便去查一下柯溫的住處。這時候，我想不到自己能做什麼有關芭芭拉·愛丁格謀殺案的事情，但有一件事我現在可以做，以撫平我焦慮的情緒。

8

布魯克林有個現象，你走不了多遠就會看見教堂，在這一區裡到處有教堂。

我在法院街和國會街的轉角處就發現了一家，這間教堂已經關閉而且鐵門也深鎖著，但是上面有個指示牌指引我找到轉角右邊的聖伊莉莎白．西頓禮拜堂，有一個柵門通往這間擠在教堂和牧師公館中間的平房式禮拜堂。我走過一個種滿常春藤的庭院，裡邊有個牌子寫道這裡是埋葬柯尼留斯．希內的地點。我懶得去看他是誰，還有他們為什麼把他葬在這裡的原因，我沿著兩排白雕像中間走進這間小禮拜堂，只有一位孱弱的愛爾蘭婦人在裡面，她跪在前面座席上，我坐在靠禮拜堂後方的位子上。

不記得自己打哪時候開始在教堂裡面排遣時間，好像是在我離開警察局以後，在我遷出西歐樹區那棟房子並且離開安妮塔和我的孩子搬到五十七街的旅館去住以後，我想我發現教堂是和平寧靜的最後根據地。在紐約，這兩件東西很難獲得。

我在這間禮拜堂坐了十五到二十分鐘，感覺很平靜，我只是在這裡坐著，先前的那些感覺就會慢慢消失。

在我離開之前，我先算好一百五十元，走到門口，我把錢放入那個救濟箱。我不知道為什麼會開始這麼做，也不知道為什麼從來不曾停止，這問題並不怎麼困擾我，世界上很多事情沒有結局，我做很多事情都不知其所以然。

我不知道他們把那些錢拿去做什麼。我並不很在乎，查里士．倫敦給了我一千五百元，這個舉動並沒有比我把其中的十分之一拿來送給不特定的窮人來得有意義。

那裡有一架子的奉獻蠟燭，我停下來點了兩根，一根給去世已久的芭芭拉．倫敦．愛丁格，雖然不像老柯尼留斯・希內那麼久，另一根給艾提塔・里維拉，一個大約和芭芭拉去世得同樣久的小女孩。

我沒有祈禱，我從不祈禱。

4

唐納·基爾曼比他的室友大十二到十五歲左右，我想他沒花多少時間練啞鈴和跳跳繩，紅黃色的頭髮梳得整整齊齊，他的眼睛透過尖角鏡框的深度眼鏡閃爍著冷冷的藍色光芒。他穿著西裝褲，白襯衫、戴領帶，他的西裝外套披在羅飛警告過我的那張椅子上。

羅飛說過基爾曼是一名律師，因此他向我要證明文件時，我並不訝異，我向他解釋，幾年前我已經離開了警察局。聽了這則新聞，他抬了抬眉毛瞥了羅飛一眼。「我是應芭芭拉·愛丁格父親的要求才插手這個案件，」我繼續說，「他要求我做調查。」

「但是，為什麼呢？凶手已經抓到了，不是嗎？」

「發生了一些問題。」

「哦？」

我告訴他路易士·品奈爾在芭芭拉·愛丁格被殺的那一天有牢不可破的不在場證明。

他立刻說：「那麼殺她的另有其人。除非他的不在場證明是亂編的，這就可以解釋她的父親為什麼要這麼做的原因了，他可能懷疑，是呀，他可以懷疑任何一個人。假如我打電話給他確認你來這裡當他的密探，希望你不會見怪。」

「他可能不好聯絡，」我帶著倫敦的名片，我把它從皮夾裡拿出來，「他現在可能已經離開辦公室了，不過我想他現在應該還沒到家，他一個人住，他的太太幾年前去世了，所以他很可能必須在餐廳裡用餐。」

基爾曼看了名片一會兒，然後把它還給我，我看著他的臉，看得出來他已經做好決定了，「哦，好吧，」他說，「我想與你談談不會有什麼傷害，史卡德先生，不過，我好像也不知道任何會有實質上幫助的事情，那已經是好幾年前的事了，橋下流水滔滔而逝，流過了水壩，或到什麼地方去了。」他的藍眼睛閃爍著光芒。「說到液體，我們通常在這個時候喝一杯，要不要加入我們？」

「謝謝你。」

「我們通常調些馬丁尼來喝，還是你喜歡喝別的？」

「馬丁尼對我而言有點太烈了，」我說，「我想我最好還是喝威士忌，波本威士忌，假如你們有的話。」

他們當然有，他們的是野火雞波本威士忌，比我通常喝的那一種要高上一兩個等級，羅飛用一只雕花水晶酒杯倒了五、六盎司給我，他把孟買琴酒倒入壺裡，加冰塊和一湯匙的苦艾酒，輕輕攪拌，再將調好的酒倒入兩只和我同一組的玻璃杯內，唐納．基爾曼舉起杯子，提議為星期五乾杯，我們都喝了。

我一直坐在羅飛先前叫我坐的那張椅子上，羅飛雙手抱著膝蓋和之前一樣坐在蓆子上，他還穿著帶我去介紹給茱蒂．費爾鮑時穿的牛仔褲和襯衫，他的舉重器和跳繩都不見了，基爾曼靠著那張不舒服的椅子邊緣坐，身子向前傾，眼睛向下看著他的杯子，然後抬起眼睛看著我。

「我試著回想她死掉的那一天，」他說，「很困難——我那天沒有從辦公室直接回家。下班後我和一些人去喝酒，然後在外面吃晚餐，好像那天我還去格林威治參加一個舞會。那不重要，重要的是我在次日清晨才回家，因為我吃早餐時看了晨報，所以我曉得回來會遇到什麼場面。不，不對，我記得我買的是《新聞報》，因為它在火車上容易看，翻頁啊什麼的，頭條新聞是『冰錐大盜攻擊布魯克林』，或是其他同樣意思的字。我相信先前在布魯克林已經殺死過一個了。」

「第四個受害者，在羊頭灣。」

「然後我翻到第三頁，我知道一向在那一頁，那裡有整個事件的報導，沒有照片，只有名字和住址，當然那不可能會弄錯。」他把一隻手放在胸前。「我記得那時候的感覺，令人難以置信的震驚。你從來沒想過這種事會降臨到你認識的人身上，讓我覺得自己也很脆弱，你知道，在我住的公寓裡發生這種事，我先感覺到這個，然後才感到朋友死去的失落感。」

「你和愛丁格夫婦有多熟？」

「可以說相當熟，他們是對夫婦。當然，他們大部分的社交活動也都和其他夫婦進行，但由於他們就住在對門，我偶爾會邀他們過來喝酒或咖啡，有時候他們也邀請我過去他們那裡，他們來參加過我辦的一兩次舞會，但沒有待太久，我想他們和同性戀者相處自然，但次數不多，這我可以了解。大部分的人都不喜歡做團體中的少數，不是嗎？感覺難為情是很自然的。」

「他們生活快樂嗎？」

這個問題把他拉回愛丁格夫婦身上，他皺起眉頭，斟酌著他要回答的字眼，「我想他有嫌疑，」他說，「通常配偶都有嫌疑。你見過他了嗎？」

「沒有。」

「他們快樂嗎？這是個老掉牙的問題。但誰又能回答這個問題呢？他們看起來快樂，大部分的夫妻看起來如此，然而大部分的夫妻最後都分手。當他們分手時，他們的朋友都會全體一致的表示驚訝，因為他們看起來快樂得要命，」他喝完他的酒，「我想他們夠快樂了，她被殺時已經懷有身孕。」

「我曉得。」

「我一直都不知道，我是在她死後才知道的。」

他輕輕的轉動他的空杯子，羅飛很優雅的站起來，將酒注滿基爾曼的杯子，又為我倒了一杯野火雞。我喝完第一杯有點醺醺然的，所以第二杯我慢慢喝。

基爾曼說：「我想那會使她安定下來。」

「小孩嗎？」

「是的。」

「她需要安定下來嗎？」

他喝了一小口他的馬丁尼，「話是這樣說的，『勿非議死者』。批評死人的話，人們總是不輕易出口。芭芭拉身上有一種不安定的特質，她是個聰明伶俐的女孩子，你知道，迷人、精力充沛、又機靈，我想不起來她是念哪一所學校的，不過是所好學校，我不是說霍福史特拉有什麼不好，只是不像芭芭拉的母校那麼有名。不知道為什麼我一下子記不起來。」

「衛斯理。倫敦告訴過我。」

「當然，我應該記得的，我念大學時曾和一個衛斯理的女孩子約會過，有時候自我接受也要花一段時間才做得到。」

「芭芭拉算是委身下嫁嗎？」

「我不會這麼說，表面上看來，她在威徹斯特長大，上衛斯理學院，嫁給了一個在皇后區長大，上霍福史特拉的社會工作者，但很多這類的事情不過是貼標籤。」他啜了一口琴酒，「不過，話雖如此，她可能也覺得她對他而言太優秀了。」

「她和什麼人約會嗎？」

「你的問題實在直截了當，不難相信你以前是個警察。為何離開警察局？」

「私人因素。她有外遇？」

「沒有什麼比詆毀死者更不敬的，不是嗎？我常聽人家這麼說，她指控他與工作而認識的女人有性關係。他是福利調查員，他的工作有機會到單身女子的公寓去拜訪她們，假如他有意四處留情，他當然有機會，我不知道他有沒有去占人家的便宜，但是他讓我覺得他是那種會這麼做的人，而且我猜她也是這麼想。」

「所以她為了要報復也有外遇？」

「你的腦筋動得真快。是的，我是這麼想，但別問我那個人是誰，因為我一點概念也沒有。我有時候白天會留在家裡，不常，但有時候會。有幾次，我聽到她和一個男人上樓的聲音；又有幾次，我經過她的門前聽到有男人的聲音。你必須了解，我不是好管閒事的人，所以不管他是誰，我都沒有試著去窺視這位神祕的男人。事實上，我對這整件事也沒有太注意。」

「她竟然在大白天款待這個男人？」

「我不能斷言她是在款待任何人，也許是一個水管工人來修理漏水的水龍頭，請你一定要弄明白，我只是有一種感覺，她可能在和某人約會，而且我知道她指責她老公的不忠，所以我認為她會對那隻呆頭鵝以牙還牙。」

「可是她白天不上班嗎？」

「哦，在那間托兒所。我猜她的時間很有彈性，她是因為沒事做才去上班的。定不下來，又是這個問題，她主修心理學，她也去上研究所，只是沒念完，她那時候沒事做，所以才到托兒所去幫忙，我想他們沒付她多少薪水。而且我想如果她有幾個下午沒去上班，他們也不會反對。」

「她的朋友都是些什麼人？」

「天呀，我在他們的公寓裡碰見過一些人。但我不記得了，我想大部分是她丈夫的朋友，其中有個托兒所裡的女人，但我恐怕不記得她的名字了。」

「珍妮絲，柯溫。」

「是這個名字嗎？沒辦法，我想不起來。她住在這附近，就在對街，我說對了嗎？」

「你說對了，你知不知道她還住不住在那裡？」

「不知道，我不記得上次見到她是什麼時候，我也不曉得我是不是還認得她。我想我只見過她一次，我還可以想起她是因為芭芭拉談起她，你說名字是柯溫嗎？」

「珍妮絲．柯溫。」

「托兒所已經不在了，好幾年前就結束營業。」

「我知道。」

8

我們沒有再往下談太多，他們有個飯局，而且我想問的問題也問完了。酒精在我身上產生作用，當我發現酒杯竟然空了時，才意識到自己在不知不覺之中已經喝光了第二杯，我覺得自己沒有喝醉，但是也不怎麼清醒，我的心智應該可以更清楚一些的。

冷空氣助我一臂之力，風吹著，我弓著肩膀迎著風穿過街道找到我手上珍妮絲．柯溫地址的所在地，這是棟四層樓的磚造建築物，幾年前有人把它買下來，租約一到期就解約，然後改租給單身漢。

據屋主表示，他的名字我連聽都沒聽清楚，改租還在進行中，「真是沒完沒了，」他說，「任何事都比你想像的要困難三倍，時間拖延四倍，成本高出五倍，這些數據還算保守的，你知道要用多少時間才能把門柱上的舊漆刮下來嗎？你知道像這樣的一棟建築物有幾個門嗎？」

他記不得他解約掉的那些承租戶姓名。珍妮絲・柯溫這個名字他不熟，他說他在什麼地方好像看到有一張承租戶名單，但他簡直不知道該從何找起，此外，那單子上也沒有他們的聯絡地址，我告訴他不用找了。

我走到亞特蘭特大道，在那些陳設維多利亞式橡木家具的古董店、盆栽店和中東風味的餐廳中，設法找到了一家普通的咖啡廳，有麗光板裝潢的櫃檯和紅色人造皮的高腳椅。我不想吃東西，只想喝點什麼，但我知道自己再不吃點東西就會有麻煩。我點了索爾斯伯利漢堡排，馬鈴薯泥和青豆仁，並強迫自己吃下去，還不壞。我喝了兩杯普普通通的咖啡，這中間我還跑出去在電話簿裡找姓柯溫的。其中有一個姓柯溫的名字的第一個字母是J，此人的住址看起來在灣脊區或本森丘一帶，我撥了那個號碼，但無人接聽。

其實也沒有理由認為她還在布魯克林，也沒有理由認為她一定用自己的名字去登記電話，但我又不知道她丈夫的名字。

去郵局查也沒意義，他們對遷移地址的資料僅保留一年，而威考福街那棟建築物已經轉手超過一年了。但總有辦法可以找到柯溫夫婦的，通常會有的。

我付完帳單並留下小費，服務人員說離這裡最近的地下鐵在走過去幾個街區的福爾頓街，我坐上開往曼哈頓的火車才想起，我甚至沒有到柏根街和平林區附近的第七十八分局看看？不曉得為什麼我會沒有想到。

5

回到旅館，我在櫃檯停下來。沒有信件，沒有留話。在我樓上的房間裡，我打開一瓶波本威士忌並倒了一些在玻璃杯裡。我坐了一會兒，翻閱一本平裝的《聖人傳記》。這些殉教者對我有一種奇特的魅力，他們竟能找到如此多彩多姿的死亡方式。

數天前，報紙上有一則報導，嘲諷一名一年前在東哈林兩個女人的公寓內犯下命案的嫌犯。受害人是一對母女，被發現陳屍在臥室裡，兩個人的耳後都挨了一顆子彈。由於凶手犯案手法異常殘酷，警方一直努力在緝拿凶手。現在他們逮捕了一名十四歲的男孩子，那兩名受害婦女被殺害時，他才十三歲。

報導的最後一段說：被害人被殺害後的一年內，被害人住處附近另有五人被殺。報上沒有指出這五件命案破案了沒有，或是被拘押的那個孩子是否有嫌疑。

我的心老是想到別的地方去。現在，我又把書放到一邊，發現自己想著芭芭拉・愛丁格的事。唐納・基爾曼也說她父親可能懷疑某人，他心裡有數但不說出是誰。

也許是她丈夫。配偶總是最先受到懷疑。如果芭芭拉不那麼像是一系列受害者之一的話，道格拉斯・愛丁格早就要被反覆拷問了。在當時的情況下，他主動接受中城北區刑警的訊問。除了訊問外，他們沒有做什麼別的。他不但是死者的丈夫也是發現屍體的人。他工作完回家，在廚房裡驚見屍體。

我看了筆錄。做筆錄的人先入為主的認為謀殺案是冰錐大盜幹的。所以他問的問題集中在芭芭拉的行程，她有可能幫陌生人開門嗎，她是否曾經提到有人跟蹤她或形跡可疑。她最近是否為猥褻電話所困擾？有人打電話來不說話就掛斷嗎？有可疑的人說他打錯電話嗎？

在訊問過程中基本上要假設訊問對象是無辜的，這種假設在當時確實符合邏輯。顯然，道格拉斯．愛丁格的態度沒有什麼令他們起疑的地方。

我已經不只一次試著要喚起對道格拉斯．愛丁格的記憶。我總認為我一定見過他。中城北區的人從我們手中接走這個案子前，我們已經在現場了。所以，當我站在廚房仔細查看伸開手足攤在油氈上的屍體時，他應該在現場附近。我也許曾對他講過幾句安慰的話，應該會對他有印象，但是我一點也想不起來。

也許我在那裡的時候，他在臥室裡和其他刑警或第一批到達現場的巡邏警員之一談話。也許我從未正眼看他。也許我們談過話，但我完全把他給忘了。從事這個工作多年，我看過太多甫痛失親人的喪家。在混亂的記憶工廠，這些人無法一個個如浮雕般清清楚楚的浮現出來。

我很快就要去見他一面。我的當事人沒說他懷疑誰，我也沒有問，但芭芭拉的丈夫很有理由列於名單之首。如果殺死芭芭拉的人倫敦並不認識，那麼，倫敦可能就不會覺得如此沮喪，不管殺她的人是芭芭拉的情人還是朋友，對倫敦都不重要。但是，如果她是被她自己的丈夫，被這個倫敦認識的人，被這個事後多年出現在倫敦太太喪禮上的人殺死的話……

我房裡有電話，但是電話要經過總機，儘管我不在乎接線生有沒有在偷聽，但我討厭這種方式。我到樓下大廳打電話給我在哈士汀的當事人。他在電話鈴響第三聲的時候接起來。

「我是史卡德，」我說，「我要你女兒的照片，任何一張，只要看起來像她本人就可以。」

「我有很多相本，但大部分都是芭芭拉小時候的照片。你要的是最近的照片吧，我想？」

「愈近愈好，有沒有結婚照？」

「哦，」他說，「當然，那張照片他們兩人都照得很好，照片裝在銀色的相框裡放在起居室的桌子上。我想我可以去拷貝一張，你要我這麼做嗎？」

「如果不會太麻煩的話。」

他問我是否要用郵寄的，我則建議他下週一帶到他的辦公室去，我會先打電話，然後過去拿。他問我展開調查了沒有，我告訴他我已經在布魯克林花了一天的時間。我問他兩個名字——唐納・基爾曼及珍妮絲・柯溫。但這兩個名字他都毫無印象。然後，他也試著打聽我是否找到頭緒了。

「想要找到有力的線索很困難。」我說。

我沒問他到底懷疑誰，就把電話掛了。實在定不下心來，於是我決定到街角上的阿姆斯壯去。走在路上，我真希望我剛才能用點時間回去拿件外套。有風助長威力，天氣更加的冷了。

我和幾個羅斯福醫院的護士們一起坐在吧台。其中一個護士叫泰莉，她剛結束為期三個禮拜在小兒科的工作。

「我想我喜歡值班。」她說，「但是我受不了，因為他們都是小孩子，只要失去一個，就會讓人感到十分難過，而且他們之中有些勇敢到讓你的心都快碎了。我沒有辦法應付，我真的沒有辦法。」

艾提塔・里維拉的影像在我心中一閃而過，我沒有試著把它留住。另一個護士把眼鏡拿在手上。她說，整體而言，比之阿瑪瑞圖她還是比較喜歡山姆布卡，還是反過來，我忘了。

凌晨已過，我才就寢。

6

儘管我回想不起遇見過道格拉斯·愛丁格的情形，但我卻能在我心中描繪出一幅他的畫像。他長得很高而且骨瘦如柴，淺黑色的頭髮，膚色蒼白，手腕關節有瘤節，是林肯那一型長相特徵的人，並且還有一個非常明顯的喉結。

我週六早上醒來，心中牢牢鑄有他的影像，就好像是在一場遙遠的夢中被印到我心上的。匆匆吃完早餐，我到賓州車站搭往長島的地鐵到希克斯維拉。我打了一通電話到他米尼歐拉的家中，得知愛丁格已經到他希克斯維拉的店裡去上班了，從車站搭計程車到他店裡只要兩塊兩毛五美金。在一條陳列迴力球和板球器材的走道內，我問一位店員愛丁格在不在。

「我就是道格拉斯·愛丁格。」他說，「我能為你效勞嗎？」

他大概五呎八吋，矮矮胖胖的，約一七〇磅。細鬈的淡褐色頭髮透著紅色的光澤，臉頰胖胖的，一雙棕色眼睛機警如松鼠。滿口大白牙，加上上排門牙微微暴出，讓人再度聯想到松鼠。他看來一點也不眼熟，也跟我想像中那位為了製作鐵路籬笆而奮力劈柴、漫畫化的林肯毫無相似之處。

「我姓史卡德。」我說：「如果你不介意的話，我想和你私下談談，關於你太太的事。」

他原本開朗的臉色有了戒意。「凱倫，」他說，「她怎麼了？」

老天。「你的第一任太太。」

「哦，芭芭拉。」他說，「你用那種嚴肅的聲調，說要跟我談我太太的事，弄得我一時都不知道想到哪裡去了。我也不知道自己是怎麼想的。你是紐約警局的人嗎？這邊請，到我的辦公室裡談。」

辦公室裡面有兩張辦公桌，他的那一張比較小。發票和信件整齊的擺放在桌上。透明塑膠材質的立體相框架上有一個女人和幾個小孩的照片。他看到我看著那相框就對我說：「那是凱倫，還有我的小孩。」

我把相框拿起來，看著照片中那個年輕的女人，短短的金髮，帶著燦爛的笑容。她站在車子旁邊，後面有片一望無際的草坪，看起來在相當郊區的地方。

我把相框放回去，坐在愛丁格指給我的那張椅子上。他坐在桌子後面，用那種拋棄式的丁烷打火機點了一根菸。他知道冰錐大盜已經被逮捕了，也知道他完全否認涉及他第一任妻子的謀殺案。他認為品奈爾在說謊，如果不是因為他的記憶衰退，就是因為精神失常的緣故。當我向他解釋品奈爾的不在場證明已經很確定時，他看起來很不以為然。

「都這麼多年了，」他說，「人們常會搞錯日期，而你也不能確定記錄是否很準確。這個案子應該是他做的。我不會相信他所說的話。」

「他的不在場證明看起來很完整。」

愛丁格聳聳肩，「你對這件事情可能比我有更好的判斷。不過，我仍舊很訝異，你們這些傢伙居然要重新展開調查。事情都過去這麼久了，你們期待能做到什麼地步呢？」

「我不是警局的人，愛丁格先生。」

「你不是說……」

「我只是沒有刻意去糾正你的印象。過去我的確一直在警界服務，但現在我是私家偵探。」

「你為誰工作呢？」

「你的前岳父。」

「查里士．倫敦僱用你？」他皺起眉頭，緊緊的皺成一團，「好吧，我想這是他的權利。這樣做不能使芭比再活過來，但我想他有權利讓自己覺得他在盡力。我記得在她被殺以後，他一直說要懸賞緝凶。我不知道他有沒有真的去做。」

「我相信他沒有。」

「所以他現在竟想花幾個錢來找出真正的凶手？海倫去世後，他的生活沒什麼意思。海倫是他太太，芭芭拉的母親。」

「我知道。」

「也許做些他關心的事會對他好些。不是說他的工作不忙，但是……」他彈掉香菸上的菸灰。

「我不知道我能幫你什麼忙，史卡德先生，但是你可以問全部你想知道的問題。」

我問他關於芭芭拉的社交關係，她和同棟大樓鄰居的關係，以及她在日間托兒所工作的情形。

他記得珍妮絲・柯溫，但說不出她丈夫的名字。「那個工作並不那麼重要，」他說，「基本上她只是需要做一些事，好讓她能出去走走，也讓她的精力有發洩的地方。當然，在經濟上也有所幫助。我每天拖著公事包為福利部門工作，這並非是一條可以致富之路。但是芭比的工作是暫時性的。她那時正打算辭掉工作專心在家待產。」

門開了，一個十幾歲的售貨員走進辦公室，他停下來站在那裡，看起來笨手笨腳的。

「我馬上來，山帝。」愛丁格告訴他，「我這時候正忙。」

那男孩退出去，把門關上。「星期六我們一向都忙。」愛丁格說，「我不是在催你，但我必須到外面去。」

我又問了他幾個問題。他的記憶力不是很好，但我可以了解原因。因為他有這麼一段破碎的過去，必須在這上面重新建立新的生活，假如他不要老想著過去，事情會比較簡單一些。他的第一次婚姻沒有留下小孩能在法律關係上約束他，他大可以把他和芭芭拉第一次的結合，伴隨著他環境調查員的檔案以及那段生活的點點滴滴，統統留在布魯克林。他現在住在郊區，有部車可以用，有片草皮可以割，並且和他的小孩及金髮的老婆住在一起，為什麼還要沒事坐著回憶那在波朗坡區的廉價出租公寓？

「怪了，」他說，「我無法想像任何一個我們過去認識的人會……對芭比做出那樣的事。但另一件我絕不能相信的事情是，她竟會讓一個陌生人進門。」

「她對這類的事很小心嗎？」

「她一向都很警覺。威考福街不像她過去成長的地區，儘管她覺得也夠舒適的了。當然我們並不打算永遠住在那兒。」他看了那相片架一下，好像他看到芭芭拉站在草皮前面的汽車旁。「但她被其他的冰錐謀殺案嚇得半死。」

「哦？」

「不是打從一開始。可是當他在羊頭灣殺了那個女人之後，她開始害怕了。因為那是他第一次在布魯克林展開攻擊，你曉得的。這使她開始有些奇怪的幻想。」

「是因為地點的關係嗎？羊頭灣離波藍姆山很遠。」

「但是它屬於布魯克林區。而且我想還有另外一個原因。因為我記得她對那個被殺的女人感應非常強烈。我應該知道是什麼理由，但是我想不起來了。無論如何，她很緊張，並且她告訴我有人在監視她。」

「你把這一點告訴警察了嗎？」

「我想沒有。」他眼睛往下看，點燃另一根菸。「我確定我沒有。因為那時我以為這是懷孕癥狀之一。例如渴望吃一些奇怪的食物，諸如此類的事。懷孕的婦女老是將注意力集中在奇怪的事情上。」他抬起眼睛注視著我。「此外，我那時也不願去想這個問題。就在她被殺的前一兩天，她還在和我談，說她希望我在門上加裝一個警鎖。你知道那種鎖，有條鋼栓拉條裝在門上，使人無法強行打開那種。」

我點點頭。

「然而，我們沒裝那種鎖。就算裝了也不會有任何差別，因為門不是被強行破壞的。但是我還是覺得奇怪，像她那麼緊張的人，為什麼會讓人進去？不過，那是在白天，畢竟人在白天的時候沒那麼疑神疑鬼的。那個人可以假裝是水管工人，瓦斯公司的人，或什麼的。波士頓勒人狂不是這樣做的嗎？」

「差不多是這樣。」

「但是，如果這個人她的確認識……」

「有幾個問題我必須要請教你。」

「沒問題。」

「你太太有沒有可能和別人過從甚密？」

「過從甚密？你是指有外遇？」

「像這一類的事。」

「她那時懷孕呢！」他說。好像這句話就是答案一樣。我沒說什麼，所以他就說：「我們在一起時很幸福，我可以確定她沒有在和別人約會。」

「你不在家時，經常有人來拜訪她嗎？」

「她也許會邀請朋友到家裡來。我沒有過問她這些事。我們彼此信任。」

「她那天提早下班。」

「她有時候是如此，她和她的老闆關係不錯。」

「你說你們彼此信任，她相信你嗎？」

「你打算說什麼？」

「她可曾指控你和別的女人有染？」

「老天！你究竟和誰談過這件事？我敢打賭我知道這話打哪兒來的。是的，我們有一次爭吵，而且一定有人聽到了。」

「哦？」

「我告訴你，女人在她們懷孕的時候總有些奇怪的念頭，像嗜吃某些食物。芭比就滿腦子想著我會利用我經手的案子做這檔事。在哈林區和南布朗克斯區的貧民窟裡奔波，我實在情非得已。填不完的表格，努力控制不因那些怪味道而嘔吐，閃避那些他們由屋頂丟向你的垃圾，而她指控我在這種艱難的環境中和那些閨女們情意相投，我認為這是一種孕婦衰弱症。首先，我又不是魅力無法擋先生，再則我也被貧民窟裡的種種弄得倒足了胃口，所以有時候在家裡我的表現都不太好了，更別說在工作時我會有什麼心情。真像個地獄，你是個警察，我用不著告訴你我每天所看到的那些事吧。」

「所以你沒有外遇？」

「我剛才沒有告訴你嗎？」

「你也沒有和別人談情說愛嗎？例如，住你們那一帶的女人？」

「當然沒有，有人說我有嗎？」

「我不回答這個問題。你在你第一任太太死後三年再婚的，對不對？愛丁格先生。」

「差一點才滿三年。」

「你是什麼時候認識你現任太太的？」

「大約在我們結婚前一年，也許還更早一點，大概有十四個月。是在春天裡，而我們的婚禮是在六月。」

「你們是怎麼認識的？」

「彼此的朋友介紹的。我們去參加一個舞會，雖然在舞會裡我們都沒特別注意到對方，但是後來，我的一個朋友請我們兩個人一起過去吃晚飯，」然後，他突然停下來。「她不是我在南布朗克斯的案子，如果你是想抓我這種小辮子的話。她也從來沒住過布魯克林。天啊！我真蠢。」

「愛丁格先生……」

「我是個嫌疑犯，是嗎？老天，我坐在這裡老半天，居然都沒想到這點？看在上帝的份上，我是個殺人嫌犯。」

「這是我為了調查必須要執行的例行工作而已，愛丁格先生。」

「他認為是我做的嗎？倫敦？就是這麼一回事嗎？」

「倫敦先生沒有告訴我他懷疑誰或不懷疑誰，如果他有特定的懷疑對象，他也只是放在自己心裡頭。」

「哇！他真是有修養。」他用一隻手擦他的額頭，「我們該結束了吧，史卡德？我告訴過你我星期六很忙。很多人平常努力工作，在週六他們才會想到運動。所以，假如我已經回答你全部的問題——」

「你太太被殺的那一天，你大約是在六點半回到家的。」

「應該沒錯。我確定這在警方報告裡有記載。」

「你能詳細交代那天下午的行程嗎？」

他雙眼瞪著我。「我們現在談的是九年前發生的事。」他說，「我根本分不出那些每天到處敲門的日子有何不同。你記得你那天下午做了什麼事嗎？」

「不記得。但那天在我的生命中較不具意義。假如那天你曾經離開工作崗位的話，你會記得的。」

「我不記得了。我一整天都在做我的工作。而且我就在以前我說過的那個時間回布魯克林。應該是六點半沒有錯。」他再一次擦他的額頭，「但你總不能要求我提出證明吧。我當時應該會填寫建檔報告，但他們只保留那些東西幾年而已。我不記得是三年還是五年，但絕不會是九年。那些檔案固定放著幾年就會被清理掉。」

「我並不是在要求你提出證明。」

「看在上帝的份上，我沒有殺死她。你看著我，我像個殺人犯嗎？」

「我不知道殺人犯長什麼樣子。前幾天我才讀到一則報導，有一個十三歲大的男孩子由耳朵後面開槍殺了兩個女人。我不知道他長什麼樣子，但我想他看起來一定也不像殺人犯。」我從他桌上拿了一張空白的留言紙，在上面寫了一個電話號碼。「這是我旅館的電話號碼。」我說，「或許你之後會想起某些事情。你想像不到哪些事情會蹦進腦子裡。」

「我不想記得任何事情。」

我站起來，他也是。

「那已經不再是我的生活了。」他說，「我現在住在郊區，我賣滑雪用品和運動裝。我去參加海倫的喪禮是因為我找不到不去參加的好藉口。我應該不要去的。我……」

我說：「放輕鬆點，愛丁格。你感到生氣和害怕，但你不需要如此。當然，你有嫌疑。有誰會調查一個女人的謀殺案而不盤查她丈夫的？你有聽說過這樣進行的調查嗎？」我把手放在他的肩膀上。

我說：「有人殺了她。而且可能是一個她認識的人。我或許查不出任何結果，但是我會盡力試一試。假如你想起任何事情，打電話給我，就是這樣。」

「你說得對，」他說：「我生氣，我……」

我叫他忘了這件事。我自己找到出去的路。

7

我在搭火車回市區的路上讀了一份報紙。有一篇專欄報導討論由背後勒頸襲擊案件有增加的趨勢。文章中並建議讀者如何使自己不要成為醒目的攻擊目標。記者建議兩人或一群人走在一起，走燈光充足的街道，靠路邊磚道走，不要靠著建築物走。走路速度要快，並且要保持警覺，避免別人對著你迎面走過來。那些襲擊者總想估量一下你的身材，看看你是否容易下手。他們會佯裝問你時間或問方向。別讓他們有機可乘。市區生活太棒了！「對不起，先生，你能告訴我到帝國大廈怎麼走嗎？」「去你的！你這怪胎！」這就是現代都市的禮儀。

這火車好像沒有終點站似的。到長島去總會有一種怪怪的感覺。希克斯維拉離安妮塔和孩子們住的地方還差得很遠，但長島就是長島，而且我每次到那裡都隱隱約約感到不大舒服。我很高興賓州車站終於到了。

這時候該要喝一杯了。在車站裡專門做月票通勤族生意的酒吧裡，我很快喝了一杯。週六對道格拉斯來說也許是忙碌的一天，但對鐵馬酒吧的酒保來說今天的生意很清淡。他平日的客人一定都跑到希克斯維拉買小型帳篷和籃球鞋去了。

我走回街上時，太陽已經不見了。我走過三十四街，再轉往第五大道到圖書館。沒有人來問我現在幾點或荷蘭地下道怎麼走。

走進圖書館前，我停下來用公共電話打電話給琳恩・倫敦。她父親給了我她的電話號碼，我查看了我的記事本，然後撥電話。電話答錄機接聽了我的電話。一開始答錄機先重複她電話號碼的後面四碼，然後說沒有人可以接聽電話，請我留下姓名。這是女人的聲音，發音清晰準確，只是有一點點輕微的鼻音，我猜她是芭芭拉的妹妹。我沒有留話就掛斷了。

在圖書館裡，我仍舊拿出那本我先前用過的布魯克林區波卡指南。這次我查看威考福街的另外一棟建築物。裡面有四間公寓，其中一間租給愛德華・柯溫夫婦。

這個名字提供了我一個消磨午後時光的方法，在第四十一街和麥迪遜轉角處的一家酒吧裡，我叫了一杯咖啡和一杯可以加到咖啡裡的波本，又將一塊錢換成十個一毛的硬幣。我從曼哈頓開始，這裡有幾個愛德華・柯溫，一個E・柯溫，一個E・J・柯溫，一個E・V・柯溫。沒有一個有結果。我利用查號台，先拿到布魯克林區的名單，再來皇后區，布朗克斯和斯塔頓島。有些號碼忙線中，我在接通前必須試個四五次，其他的都無人接聽。

我又多換了一些銅板，然後撥電話給紐約五個區內所有的J・柯溫。在這段時間內，我喝了第二杯摻有波本的咖啡。我就這樣漫無目標的用掉不少銅板。不過大部分的調查工作是如此。只要她還住在這一帶，瞎貓也會碰到死耗子的。他們是這樣告訴我的。

我離開酒吧的時候，大約三分之二的電話號碼我已經做上記號表示和對方聯絡過，但他或她並不是我要找的柯溫。有必要的話我會找個適當的時間再打電話，但我覺得希望不大。珍妮絲・柯溫結束營業而且公寓也退租了。她可能在那時候搬到西雅圖去住。她和她丈夫也可能在西威徹斯特，或紐澤西，或康乃狄克，或希克斯維拉給網球拍標價錢。用手指頭在這些或白或黃的紙張上辦事成效有限。

我又回到圖書館。我知道她是什麼時候結束快樂時光托兒所的；我從房東那裡只打聽到這一點。她和她丈夫是否也大約在那個時候搬出波朗坡區呢？

我查了一年又一年的波卡指南，找到了柯溫夫婦遷出威考福街那棟磚造公寓的年份，時間看來很吻合。結束托兒所很可能是搬家的序曲。他們可能搬到郊區去，他的公司也許把他調到亞特蘭大去。或者他們分手，各走各的路。

我把指南放回去後，突然又有一個高明的主意，我的想法又改變了。我走回去把它再拿出來。自柯溫夫婦搬走後，那棟建築物還轉過三次手。每個房東各擁有數年的所有權。我影印了他們姓名夾在筆記本中。

這次我在四十二街的一家酒吧裡打電話，我跳過曼哈頓直接用布魯克林的資料。我很幸運的立刻就找到高登·普門倫斯，他把威考福街的建築物賣出去後還一直住在布魯克林。他們只搬到不到一哩遠的卡羅爾街。

普門倫斯太太接的電話。我告訴她我的名字，並且說我設法要聯絡上柯溫夫婦。她立刻就知道我說的是誰，但她不知道如何才能聯絡上他們。

「我們沒有保持聯絡。艾迪是個好人。在她搬出去以後，艾迪常帶小孩到我家來晚餐，但是他搬走了以後，我們就失去聯絡。好多年了，我知道他大概要搬到哪裡去，不過我想不起來是哪個城市。在加州，我想是南加州。」

「是她先搬出去的嗎？」

「你不知道嗎？她離開他，就這樣留下兩個小孩離開了他。而且，她關了那個叫什麼來著的托兒所。所以他還要為自己的小孩另外再去找一家。我很抱歉，但我不能想像一個母親會這樣留下自己的孩子一走了之。」

「你知道她可能到哪裡去了嗎？」

「格林威治村，我猜。去追求她的藝術，不顧一切。」

「她的藝術？」

「她幻想自己是一位雕刻家。我從來沒有見過她的作品，所以到目前為止我只知道她可能是有些天分。不過，我還是很訝異她這麼做。她是一個什麼都有的女人。住在一棟滿好的公寓裡，有一個非常溫柔的丈夫，兩個漂亮的孩子，她甚至自己有份事業，而且做得也還不壞。結果，她就這麼一走了之，頭也不回的走了。」

死馬當活馬醫了。我說：「你是否也認識她一個名叫芭芭拉・愛丁格的朋友？」

「我沒有這麼了解她。你說什麼名字來著？愛丁格？怎麼這個名字聽起來這麼熟？」

「在你以前的住家附近被謀殺的那個芭芭拉・愛丁格。」

「就在我們搬進去以前。是的，我現在記起來了。我不認識她，因為我剛剛說了，謀殺案就發生在我們搬進去之前。她是柯溫夫婦的朋友嗎？」

「她替柯溫太太做事。」

「她們是這種關係嗎？」

「什麼關係？」

「很多人談論這件謀殺案。這使得我要搬進去的時候十分緊張。我和我丈夫彼此安慰道：『不必擔心打雷會兩次都打中同一個地方。』但是私底下我還是十分憂慮。後來，那些謀殺案就停止了，不是嗎？」

「是的，你從來就不認識愛丁格夫婦嗎？」

「不認識，我告訴過你了。」

一個住在格林威治村的藝術家。一個雕刻家。我還沒有聯絡上的J．柯溫中有住那個地方的嗎？我不這麼認為。

我說：「你記不記得柯溫太太原來姓什麼？」

「記得？我想我壓根兒就不知道。為什麼你要問這個？」

「我在想如果她要追求她的藝術家生涯，她可能會回頭使用她原來的姓氏。」

「我確定她會這麼做。不管是不是為了藝術家生涯，她會回復她本來的姓名。但是我無法告訴你她原來姓什麼就是了。」

「當然她現在可能已經再婚了。」

「我可不這麼想。」

「請再說一遍。」

「我不認為她會再婚。」普門倫斯太太說。她的聲調變尖了，我覺得很奇怪。我問她為什麼這麼說。

「這麼說吧！」她說，「不管什麼雕刻不雕刻的，她可能住在格林威治村。」

「我不明白。」

「你不明白？」她咋舌，不耐煩我的遲鈍。「她離開她的丈夫還有兩個小孩但不是和其他男人跑了，她是為了另一個女人而離開他的。」

∞

珍妮絲．柯溫的本姓是肯恩。我搭地下鐵到錢伯斯街。花了幾個小時在檔案暨資料服務部的幾間辦公室內尋找關鍵資料。只是大部分時間都花在辦手續，取得許可，我不斷需要那些週六不來上班的人批准我的申請。

首先我試著找結婚證書。當我知道不能成功時，就試出生證明。普門倫斯太太對柯溫家小孩的姓名和年齡印象模糊，但她很確定最小的那個叫凱莉。她的母親離家時，她是五歲或六歲。事實上，應該是七歲；所以她現在大約十五歲了。她的父親是愛德華．法蘭西斯．柯溫，母親是珍妮絲·伊莉莎白·肯恩。

我帶著勝利感把那個名字寫在我的記事本上。不是我得意忘形，而是一種成就感。我不能證明我現在比和查里士·倫敦在阿姆斯壯酒吧相對而坐的那時，向謀殺芭芭拉·愛丁格的人再更靠近一步。我查到一些東西，而且感覺很好。這是一種磨人工作，一般而言毫無意義，但它讓我能運動一下那些平時不常用的肌肉。當我出力時，這些肌肉還會刺痛。

過了幾個街區，我發現了一家叫布拉尼史東的店賣有熟食。我叫了一份熱的燻牛肉三明治，喝了一兩杯啤酒。吧台上擺了一座大彩色電視機，正在播放週六下午的一個體育精選節目。幾個男的弄了幾根圓木在一條湍急的河流上，不知道在幹什麼；難道是騎它們。我想這裡根本沒人在意他們的努力。等我吃完三明治時，騎圓木的節目播完了。接著是改裝車比賽。仍舊沒有人注意這些賽車。

我再一次打電話給琳恩·倫敦。這一次當答錄機答話時，我等到嗶一聲響後，留下我的名字和電話號碼。然後我開始查電話號碼簿。

曼哈頓沒有登記全名珍妮絲·肯恩的，但有六個人登記姓肯恩且名字以J為開頭。另外，這個姓的相關變體有很多，奇尼，肯恩，奇恩。我想起了一個古老的收音機節目。奇尼先生，失蹤人口的獵人。不過，我記不起來他用的到底是哪一個。

我試了全部叫J·肯恩的。兩個沒人接，一個老在忙線中，其他三個則都說不是珍妮絲·肯恩。那個一直占線的住在七十四街，我斷定那不是從波朗坡區來的女同性戀雕刻家會住的地方。

我撥了查號台，其他四區也依此例行公事掃了一遍，但我突發奇想的停了下來。

她一定住在曼哈頓。該死的！我知道她就在曼哈頓。

我查詢在曼哈頓區有沒有叫珍妮絲・肯恩的。我拼出姓的字母，等了一會兒，他們告訴我曼哈頓區唯一登記這個姓名的電話不公開。我掛斷，再撥一次，換一個接線生，然後使出警察取得不公開電話的一貫技倆。我自稱是第么八分局法蘭西斯・費茲羅伊刑警。我故意把它說成么八分局，因為雖然警察並非全體一致都用這種方式講，但一般老百姓卻一致認為他們是這麼說的。

我就這樣拿到住址了。她住利斯本納德街，一個雕刻家住那裡是十分合邏輯的。那裡離我目前所在的位置不遠。

我手上還有一毛錢，我把它放進口袋裡，回到酒吧。賽車播完了，換成一個特別節目。兩個輕中量級的黑人在一個假假的地方舉行冠軍賽。我想是鳳凰城吧。我不知道什麼是輕中量級。他們加上這些中間重量分級，如此一來他們可以多舉辦幾場冠軍賽。有些客人剛才不看滾圓木，也不看賽車，現在則盯著這兩個男孩子互毆，這檔事他們可不常有機會做。我坐著看了幾回合，喝了幾杯摻了波本的咖啡。

如果我能找出一些點子來接近這個女人，對案情發展應該會有幫助。我藉著電話簿、檔案和電話線追蹤她的足跡，好像她握有愛丁格謀殺案的證據。然而，就我目前所知道的，芭芭拉・愛丁格對她而言，毫無意義，就像那些字母積木，孩子玩完了就都成了毫無意義的木塊，如此而已。

不過，她可能是芭芭拉最好的朋友。也可能是她的情人。我記得普門倫斯太太的那個問題：

「她是柯溫夫婦的朋友嗎？她們是這種關係嗎？」

也許是她殺死芭芭拉的，她們兩個那天是不是都提早離開托兒所？先不說是不是真的如此，究竟有沒有可能這樣呢？

我讓自己的腦子空轉，我知道自己心不在焉，但我讓它們就這麼轉一陣子。電視螢幕上，那個短褲上有白條紋的小子，終於開始用右拳發動猛攻。看來他不像能在剩下的幾個回合中幹掉他的對手，但是他這個決定很安全。他在折磨他的對手，很努力在折磨他。左手猛攻，右手鉤拳直打肋骨，另一個小子根本找不到有效的防衛方法。

他們兩人的感受，我都能夠理解。

我想到道格拉斯．愛丁格。我認定他沒有殺他太太，我一直試著要想出我是如何知道的，我確定這和我認為珍妮絲住曼哈頓是一樣的。算是得到神靈的指示吧。

我認為愛丁格說得對。路易士．品奈爾殺了芭芭拉．愛丁格，就像他殺了其他七個女人一樣，芭芭拉生前也認為有個瘋子尾隨她，她也說對了。

但是她為什麼讓那個瘋子進她的公寓呢？

在第十回合時，那個肋骨被淒慘修理的孩子奮起反攻，左右連拳齊攻了數回，打得那個褲子上有白條紋的男孩子發暈搖擺，但這等狼狽還不足以結束這場比賽，穿白條紋短褲的孩子死抱著不放，但被裁定分開，群眾噓聲四起。我不知道他們以為他們現在看的是什麼。這些鳳凰城的觀眾真是的。還好我在布拉尼史東的同伴們沒有這麼情緒化的投入。

去他媽的。我走去打我的電話。

8

電話響了四五聲後，她接起電話。我說：「請找珍妮絲·肯恩。」她說她就是珍妮絲·肯恩。我說：「我是馬修·史卡德。肯恩小姐，我想請教你幾個問題。」

「哦？」

「關於一個叫做芭芭拉·愛丁格的女人。」

「天啊。」停頓了一下，「關於她的什麼事？」

「我正在調查她的死因，想過來和你談一談。」

「你正在調查她的死因？那是好幾年前的事了。一定都有十年了。」

「九年。」

「我還以為只有西部騎警才絕不罷手。我從來就沒有聽說過紐約市吃香喝辣的警察也是這樣。你是警察嗎？」

我正打算說是，但卻聽到自己說：「以前是。」

「那你現在是什麼呢？」

「無官一身輕的市民。我現在替查里士·倫敦做事。愛丁格太太的父親。」

「沒錯，她的本姓是倫敦。」她電話裡的聲音滿好聽的，低沉而沙啞。「我不能理解為什麼你們現在又要開始調查。而我又能幫得上什麼忙呢？」

「也許我能當面向你解釋，」我說，「只要幾分鐘就能到你那裡，方便我現在過去嗎？」

「老天！今天是星期幾？禮拜六嗎？現在幾點了？我一直在工作，我經常忘記時間。我現在看到的是六點鐘，這時間對嗎？」

「沒錯。」

「我最好先弄點東西來吃，而且我要收拾一下。給我一個小時，可以嗎？」

「那麼我七點到。」

「你知道住址嗎？」我把從查號台拿到的住址唸給她聽。「就是這個住址。在教堂和百老匯大道之間。你按了門鈴後，站到路邊磚道上，這樣我才看得見你。我會把鑰匙丟下去。按鈴時注意二長三短，好嗎？」

「二長三短？」

「這樣我就知道是你。不然我不知道你長什麼樣子，我只聽過你在電話上的聲音。你是怎麼拿到這個電話號碼的？這號碼應該是不公開的。」

「我以前是警察。」

「對，你是這麼說的。所謂『不公開』的號碼，也不過如此，對吧？。把你的名字再告訴我一次。」

「馬修·史卡德。」

她重複唸了一遍。然後她說：「芭芭拉·愛丁格。哦，我但願你知道這個名字讓我回想起多少事情。我有個預感，我一定會後悔接這個電話的。好了，史卡德先生，我們一個小時後見囉。」

8

利斯本納德街和運河街相隔一個街區。那個區域即大家都熟悉的翠貝卡區（Tribeca）。翠貝卡是一種代表地理位置的縮寫，意即「運河街下三角地帶（Triangle Below Canal）」，就如同蘇活區（SoHo）源於休士頓街以南（South of Houston Street）一樣。但是，不知道從什麼時候開始，藝術工作者紛紛搬入格林威治村南方的幾個街區，他們根本不管房屋使用分類，都喜歡住在空間較大又便宜的倉庫統樓。後來法令修改允許居住統樓住宅，此後蘇活區行情就走俏了。這又使得想要找統樓住宅的人更往南走到翠貝卡區。現在翠貝卡區的租金也不便宜了，但街上仍有十年或十二年前蘇活區的荒廢特質。

我選擇了一條燈光照明較佳的街道。沿著路邊磚道走，不要靠近建築物，我盡可能的快走並保持警覺。街道上空蕩蕩的，要避免和別人面對面很簡單。

珍妮絲·肯恩的住址是一棟六層樓的統樓，窄窄的一棟夾在其他兩棟較高，較寬，也較現代化的建築物中間。看起來有緊迫感，像個矮小的男人站在擁擠的地下鐵車上。一片片的落地窗正好可以衡量出每一個樓層的正面寬度。最底下一層是一家鉛管五金店，週末關門不營業。

我走進一個會令人產生幽閉恐懼症的玄關，找到一個註明「肯恩」的門鈴。我按了鈴，二長三短。我走到人行道，站在路邊磚道往上看著那些窗戶。她從其中一個窗戶往下喊，問我的名字。在那種光線下我什麼也看不到。我報上我的名字，一個小東西從空中呼嘯而下，有個刺耳的聲音落在我身旁的人行道上。「五樓，」她說，「有電梯。」

真的有電梯，而且裝得下一座大鋼琴。我搭上五樓，走出電梯進入一間寬闊的統樓。這裡種了許多植物，全都是深綠色的，而且長得很茂盛，但是和家具比起來，它們相對是小了些。門都是橡木做的，很有光澤的淺黃色。牆上露出磚塊。以投射探照燈照明。

她說：「你很準時。屋裡亂七八糟的，但我不會為此道歉。我有咖啡。」

「如果不麻煩的話。」

「一點都不會。我自己也正想喝一杯。我先帶你去坐下，盡盡我做女主人的本分。加奶？糖？」

「黑咖啡就好。」

她把我留在一個地方，這裡有一張長沙發和兩張椅子，圍著一張被堆起來上面有抽象圖案設計的地毯。有兩個八呎高的書櫃，超過天花板高度的一半，順便拿來做隔間用。我走到窗戶旁邊，往下看利斯本納德街，但不是全都看得見。

房子裡有一個雕刻作品。當她拿咖啡過來時，我正好站在雕像前。那是個女人的頭像，她的頭髮是一窩蛇，臉部顴骨高，粗大眉毛的臉孔帶著一種說不出來的失意。

「那是我的梅杜莎。」她說，「不要看她的眼睛，她凝視的目光會使男人變成石頭。」

「她很棒。」

「謝謝你。」

「她看起來很失望的樣子。」

「就是這個特質，」她同意我這樣說。「我也是在完成她以後才發現的，我在那時候才親眼看到了她的失意。你有很好的鑑賞能力。」

「鑑賞失意的能力，是這個意思吧。」

她是個迷人的女人。中等高度，比之當下時尚嚴格的標準是豐滿了點。她穿了一件褪色的李維牛仔褲和一件石板藍的雪米軟皮襯衫，袖子捲到手肘上。她的臉是心型的，整個輪廓被一個很清晰可見的美人尖強調得很明顯。帶有些灰色的黑褐色頭髮幾乎到垂肩的長度，兩個灰色的大眼睛，間隔適當，周圍的一抹睫毛膏是她臉上唯一的化粧品。

我們坐在那兩張成對的椅子上，相對成直角。我們的馬克杯放在一張由一段樹幹和一塊石板組合成的桌子上。她問我找她的住址有沒有困難，我回答沒有。然後她說：「好了，我們是不是該開始來談關於芭芭拉．愛丁格的事呢？也許你可以先告訴我，為什麼經過這麼多年你們還對她這麼有興趣。」

∞

她沒有看到路易士．品奈爾被捕的報導。冰錐大盜被關起來這件事對她來說是新聞，所以謀殺她以前的員工另有其人對她而言也是新聞。

「到目前為止，這是你們第一次要找出一個具有動機的殺人凶手。」她說，「如果你們那時候就查——」

「事情會比較簡單。是的。」

「而現在事情要倒過來看才會比較簡單。我不記得她父親了。我一定見過他，在謀殺案發生後或之前，但我想不起來了。我記得她妹妹，你見過她嗎？」

「還沒有。」

「我不知道她現在是什麼樣子，她以前給我的印象就像是一個討人厭的潑婦。但我也不是很熟，而且那已經是九年前的印象了。我必須一直回到九年前，每件事都發生在九年前。」

「你怎麼認識芭芭拉·愛丁格的？」

「我們常在鄰近地方碰面。去大聯合購物，到糖果店買報紙。也許我向她提到我在經營一家托兒所。也許她從別人那裡聽來的。總之，有一天早晨她走進快樂時光，問我需不需要人手幫忙。」

「你立刻就僱用她？」

「我告訴她我不能付她高薪。那時托兒所還在花錢階段。我想要經營托兒所是為了一個愚蠢的理由：我們那一帶沒有方便的托兒所，但我需要有個地方安置我的孩子。所以，我找了一個合夥人，我們開了快樂時光。結果，我不但沒能把小孩丟在托兒所，相反的，變成我要看顧他們還有其他別人家的小孩。當然我的合夥人在合約剛簽下不久後就發現不對而退出了，我只好一個人唱獨腳戲。我告訴芭芭拉我需要她幫忙，但是我請不起她。她則說她主要是想做點事，而且她願意廉價工作。我不記得我付她多少薪水，反正不多就是了。」

「她工作表現好嗎？」

「那主要是個看顧小孩的工作。這種工作能做多好很有限。」她想了一會兒，「很難回想起來。九年前，那時我二十九，她比我小幾歲。」

「她死的時候二十六歲。」

「老天。年紀不是很大，是嗎？」她閉起她的眼睛，為早死感到可怕。

「她幫了我很多忙，我猜她做那些事做得夠好了。大部分時間，她看來工作得很高興。大致上來說，如果她是一個較有滿足感的女人，她會工作得更高興。」

「她不滿足嗎？」

「我不知道這個字用得對不對。」她轉過去看了梅杜莎的半身像一眼，「失望？你會感覺芭芭拉的生活不完全像她心中所想要的那樣。任何一件事都只是還可以，她的丈夫還可以，公寓還可以，不過她希望能擁有一些比還可以更好的東西，但是她沒有。」

「有人用『定不下來』來形容她。」

「定不下來？」她斟酌著這個字眼，「這用來形容她是夠貼切了。當然，那個時代女人是覺得定不下來，性別角色十分令人迷惑而且混淆。」

「現在不是仍舊如此？」

「也許永遠會如此。但我想比起以前，現在這些事情是比較得到解決了。不過，她是定不下來，絕對定不下來。」

「她的婚姻令她失望嗎？」

「大部分人的婚姻是這樣子，不是嗎？我不覺得她的婚姻會持久。但我們永遠都不會知道的。」

他仍在福利部門工作嗎？」

我讓她知道道格拉斯・愛丁格的近況。

「我不很清楚他。」她說，「芭芭拉好像覺得他不夠理想。至少我有這種印象。他的背景比起她來實在是太遜了。也不是說她是什麼上流社會出身，但我想她至少享受過郊區童年還有貴族式教育。而他卻工時很長，做的又是沒有將來性的工作。還有，他還有一件事不對勁。」

「是什麼？」

「他到處跟人上床。」

「他真是如此或者只是她這麼猜想？」

「他就追求過我。哦，不是什麼了不起的事，只是一種臨時起意性質的追求。這個男人看起來像隻花栗鼠，所以我也不怎麼覺得得意，因為感覺他老是做這種事，總之，他追求我並不代表我有魅力。當然，我沒有跟芭芭拉說什麼，不過她自己也看得出來。她有一次在一個舞會上當場逮著他和女主人在廚房裡摟摟抱抱。所以，我想他也一定會去占那些福利案件當事人的便宜。」

「他太太呢？」

「我認為他也在占她的便宜。我不——」

「她是否和某人過從甚密？」

她的身體向前靠，握著她的咖啡杯。以女人的標準來說，她的手算是大的，指甲剪得很短，我想長指甲對一個雕刻家而言是個很麻煩的障礙。

她說：「我付她很少的薪水。你甚至可以說那只是象徵性的薪水。我的意思是，高中生當保母的鐘點費都比她高。芭芭拉拿的薪水僅僅是杯水車薪。假如她要休息，她就可以休息。」

「她經常休假嗎？」

「並不常。不過我有印象，有幾個下午或利用下午某一段時間，她會休息去做一些比看牙醫更刺激的事。一個女人休假去和情人約會時，連神態都會不一樣。」

「她被殺那一天有露出那種神態嗎？」

「我希望你是在九年前問我這個問題。我那時候比較有把握記得。我知道她那天提早離開，但我不記得那天的細節。你認為她去會情人，而且是他殺了她？」

「目前我沒有任何特別的想法。她丈夫說她對冰錐大盜顯得焦躁不安。」

「我不認為——等等，我記得事情發生後的事。在她死後，我有想到過，她一直談論住在市區裡的危險。我不知道她有沒有特別提到冰錐大盜謀殺案。但她提到過她感覺好像有人在監視她或跟蹤她。我把它解釋成是她對自己死亡的預感。」

「也許是。」

「不過她也可能真的被監視或跟蹤了。大家是怎麼說的？每個人都有敵人。也許她真的感覺到什麼了。」

「她會讓一個陌生人進公寓嗎？」

「那時我也懷疑這一點。假如一開始她就保持警覺——」

她突然停止。我問她怎麼回事。

「沒什麼。」

「我是個陌生人，而你讓我進你的公寓。」

「只是個統樓。雖然說這也沒什麼差。我——」

我拿出我的皮夾，把它丟到我們中間的桌子上。「看一下，」我說，「裡面有張身分證。你可以對照我在電話上告訴你的名字，而且我想那上面有張照片。」

「沒這個必要。」

「無論如何，看一下。如果你擔心會被殺掉，你就不會是一個很有用的詢問對象。身分證不能證明我不是個強暴犯或謀殺犯，但強暴犯或謀殺犯通常不會在事前告訴你正確的姓名。看呀！拿起來看。」

她很快的看了皮夾一下，然後把它遞還給我。我把它放回口袋裡面。「你那張照片照得很爛，」她說，「不過我猜是你，好吧。我不認為她會讓陌生人進公寓。可是，她會讓她的情人進去。或是她的丈夫。」

「你認為是她丈夫殺了她嗎？」

「結婚的人經常會互相謀殺。有時候他們需要花上五十年才做成這件事。」

「你知道她的愛人可能是誰嗎？」

「也許不只一人。我只是這樣猜，她好像一直熱中嘗試。況且她懷孕了，所以很安全。」

她笑了，我問她什麼事情這麼好笑。

「我只是在想她會在哪裡認識這些人。鄰居，也許，或與他們夫婦有社交往來的有婦之夫。雖然她在工作場合中會遇到男人，但沒這個可能。我們那裡有許多男性，但不巧的是沒有一個年齡超過八歲。」

「沒這麼肯定。」

「的確不盡然如此。有時父親會送小孩進來，或在下班以後來接小孩。可以調情的機會有很多，但是有些爸爸來帶小孩時會來找我，當然也很有可能去找芭芭拉。她很迷人。她來快樂時光工作時，可不是打扮得像那個唱搖籃曲的女主角，用老舊的大長衫把自己包得密不通風。她身材好，而且她也很會穿衣服來展示自己的身段。」

在我能掌握問話題目之前，對話拖得有點長。然後我問：「你和芭芭拉曾是戀人嗎？」

我問這個問題時，看著她的眼睛，她張大兩眼回應我。「老天爺。」她說。

我等著她說話。

「我想知道這個問題是從哪裡來的。」她說，「有人說我們是戀人嗎？還是你一眼就能看出我是女同性戀或是其他什麼嗎？」

「有人告訴我你為了另外一個女人離開你丈夫。」

「很接近。我猜我為了三十或四十個理由離開我丈夫。離開他後，第一個跟我在一起的，的確是女人。誰告訴你的？不是道格拉斯·愛丁格，他在這樁鳥事發生之前就搬出那一帶了。除非他碰巧和某人談到這件事。也許他和艾迪聚在一起，在彼此肩膀上痛哭，為女人都不是好東西而哭，說她們不是被刺死就是手牽手跑了。是道格嗎？」

「不是，是一個和你們住威考福街同一棟大樓的女人。」

「大樓裡的人？哦，一定是梅西說的。只不過她不叫梅西。等等，米姬！一定是米姬·普門倫斯，對不對？」

「我不知道她的名字，我只和她通過電話。」

「卑鄙的米姬·普門倫斯。他們還維持著婚姻關係嗎？當然了，他們必須如此。除非他離開她。不過，沒有任何一樣東西能驅使她離開溫暖的家庭。她一向堅稱她的婚姻是天堂，事實上，那不過就是有系統的去否認每一個可能表面化的負面情緒。我回去探望小孩時，最討厭在樓梯間碰到她，她會一臉譴責嘲弄的樣子看著我。」她一邊回憶著，一邊搖頭歎息，「我和芭芭拉之間沒事。說來也夠奇怪的，我和艾迪分開前，我從來沒有和別人怎麼樣，不管是男的，還是女的。而那個後來和我在一起的女人，是我這一生中第一個和我上床的女人。」

「但你被芭芭拉·愛丁格所吸引。」

「我有嗎？我看得出來她很迷人。但這不是同一回事。我有特別被她所吸引嗎？」她仔細推敲著這個想法。「也許，」她讓步了。「不在任何意識層面，我不這麼認為。而我真正開始考慮有那種可能性時，哦，我指的是和女人上床會很有趣的可能性，我不認為那時候我心中就已經有了特定對象。事實上，芭芭拉還活著時，我心裡頭還不曾有過這種幻想。」

「我必須問這些私人問題。」

「你不需要道歉。天呀！米姬．普門倫斯。我敢打賭她現在一定很胖，胖得就像隻臃腫的小豬。但你只和她通過電話。」

「沒錯。」

「她還住在同一個地方嗎？她一定是。就算你用把鐵橇也趕不走他們。」

「有人這麼做了。有個買主要把房子改成獨棟透天。」

「他們實在惹人厭。他們還住在那一帶嗎？」

「差不了多遠。他們搬到卡羅爾街。」

「好吧！我祝他們幸福。米姬和高登。」

「請再說一遍？」

她身體往前靠，用她灰色的眼睛在我臉上搜索。「你喝酒，」她說，「對吧？」

「你是個酒鬼，是不是？」

「我認為你可以稱呼我是一個常喝酒的人。」

這話聽起來很蠢。即使是對我自己而言也是很蠢。這話懸在空中好一陣子，然後，被她一陣渾厚而嘹亮的笑聲打斷。「『我認為你可以稱呼我是一個常喝酒的人！』天呀，真是絕倒。那麼，你也可以稱呼我為一個常喝酒的女人，史卡德先生。別人對我的稱呼要更糟得多，今天時間過得很慢，天氣又乾燥。來點什麼提提神，如何？」

「這主意不錯。」

「你要什麼？」

「你有沒有波本？」

「我想沒有。」她家的吧台設在其中一個書櫃裡，在兩片拉門後面。「蘇格蘭威士忌或伏特加？」她大聲的說。

「蘇格蘭威士忌。」

「加冰塊？水？或什麼？」

「純的就好。」

「上帝的原創，嗯？」她拿來兩個裝得半滿的酒杯，一杯是蘇格蘭威士忌，另一杯是伏特加。她把我的遞給我，眼睛看著她自己的杯子。她那種表情好像要找個理由來乾杯，但顯然找不到。

「哦，真他媽的。」她說。跟著喝了一口。

「你想是誰殺了她？」

「現在還言之過早。可能是一個我到目前還從未聽說過的人，也有可能是品奈爾。我得花個十分鐘去會會他。」

「你想你能重新恢復他的記憶嗎？」

我搖搖頭。「我想我可能會從他身上得到一點想法。破案經常是憑直覺。你收集細節，產生感覺，然後答案會突然從你心中某處浮現出來。不是像福爾摩斯那樣，至少對我而言從來都不是。」

「你把它講得簡直就像破案過程的要素是心靈感應一樣。」

「我不會看手相或算命。但也許是有這種事。」我喝了一小口蘇格蘭威士忌。這酒有種蘇格蘭威士忌特有的藥味，不過我通常都不介意。這是一種比較烈的威士忌，顏色暗如泥炭。我想，應該是提區爾牌的。「我接著還要去羊頭灣。」我說。

「現在？」

「明天。那裡是第四個冰錐謀殺案發生的地方，我猜就是它像幽靈般的纏著芭芭拉．愛丁格。」

「你認為是同一個人——」

「路易士．品奈爾承認他做了羊頭灣的謀殺案。當然這不能證明任何事情。我不能確定我為什麼要去那裡。我猜我想要和某個曾經在現場看過屍體的人談談。這一連串的謀殺案有些身體上的細節在新聞報導裡面都被隱瞞起來了，但是在芭芭拉的案子中，卻同樣被複製出來。被不完全的複製，我想知道布魯克林另一件殺人命案和芭芭拉這件還有什麼相似的地方？」

「假如有的話，又能證明什麼？有第二個瘋子殺人犯，他專門在布魯克林犯案？」

「而且他殺了兩個人就停止了。這也有可能。但這也不能排除有人因為某個動機而殺了芭芭拉。譬如說，她的丈夫想要殺她，但他知道冰錐大盜還未來到布魯克林。所以他先在羊頭灣殺掉一個陌生人來創造模式。」

「真的有人會這麼想嗎？」

「不論是什麼事情永遠都有人會做。也許有人為了某個動機殺了羊頭灣的那個女人。然而他又擔心他的謀殺案在布魯克林顯得絕無僅有，所以他找上芭芭拉。或許這只是一個藉口。也許他第二次犯案，只因為他覺得很有樂趣。」

「天呀！」她喝著她的伏特加。「有哪些身體上的細節？」

「你不會想知道的。」

「你想保護小女人不讓她知道醜陋的真相？」

「全部受害者的眼睛都被刺穿。用一根冰錐，正中眼球。」

「我的天……而那個你怎麼說的？不完全複製？」

「芭芭拉．愛丁格只有一隻眼睛被刺穿。」

「像眨眼睛那樣。」她坐了好一段時間，然後低下頭看著自己的杯子，發現杯子空了。她走向吧台，把兩個酒瓶都帶過來。她把我們的酒杯加滿後，將酒瓶留在石板桌面的桌子上。

「我不明白他為什麼要做這樣的事情。」她說。

「這是另一個我要去看品奈爾的原因。」我說，「去問他。」

8

我們之間的對話就這樣繞來繞去。她問我該叫我馬特或馬修。我說都沒差。她說如果我叫她珍，而不是珍妮絲，對她來說卻有很大差別。

「除非你不習慣直呼謀殺嫌犯的名字。」

我還是個警察的時候，我學到了永遠直呼嫌犯的名字。你會得到相當程度的心理槓桿作用。我告訴她她不是嫌犯。

「我那一整個下午都在快樂時光。」她說，「當然，經過了這麼多年，很難去證明這件事。在當時就會比較簡單。獨居的人要有不在場證明一定比較困難。」

「你一個人住在這裡嗎？」

「除非你把貓也算進來。牠們躲起來了，牠們怕陌生人。就算給他們看身分證也沒多大作用。」

「真是難纏。」

「嗯哼，自從我離開艾迪後，我一向一個人住。一直有人和我過從甚密，但是我一向一個人住。」

「除非我們把貓也算進來。」

「除非我們把貓也算進來。我那時也從來沒有想到會在接下來的八年裡都一個人過日子。我只想到，和一個女人發生關係基本上是有些不同。倒退到從前，那時候是意識剛剛抬頭的時期。我那時判定問題出在男人身上。」

「結果不是？」

「也許那一直是問題之一。結果女人變成另外一個問題。有一陣子，我斷定自己是幸運者之一，能夠和兩種性別的人發生關係。」

「只是一陣子嗎？」

「嗯。因為我接著又發現，我是可以和男人及女人都發生關係，但是最主要的問題是我不善維持關係。」

「我可以想像。」

「我猜你也許可以。你一個人住是嗎，馬修？」

「有一陣子了。」

「孩子跟著你太太住？我不是靈媒，你的皮夾子裡有張他們的照片。」

「哦，那張照片。那是以前的照片了。」

「他們都長得挺帥的。」

「他們也是好孩子呢。」我又倒了一點蘇格蘭威士忌到我的杯子裡。「他們現在住西歐榭區。有時候，他們會搭火車來我這裡，我們一起玩球或在紐約公園裡打著玩。」

「他們一定很喜歡。」

「我知道我喜歡。」

「你一定搬出來有一段時間了。」

我點頭。「大約在我離開警界那時候。」

「同樣的理由？」

我聳聳肩。

「你為什麼會離開警界？是因為這個玩意兒嗎？」

「什麼玩意兒？」

她朝著酒瓶揮揮手。「你知道，杯中物。」

「哦，該死，不是，」我說，「我那時候還不像現在喝這麼多。我只是走到了一個節骨眼，覺得自己不再喜歡當警察了。」

「是什麼原因造成的？是理想幻滅？對刑事裁判系統缺乏信心？厭惡貪污？」

我搖頭，「在這個圈圈裡，我老早就已經不再心存幻想。我從來也沒對刑事裁判系統有過信心，這是個可怕的系統。警察只做他們做得到的。貪污一向都存在，我從來都不夠格去當一個因為貪污而感覺困擾的理想主義者。」

「不然是什麼？中年危機？」

「可以這麼說。」

「好。如果你不願意談這個問題，我們就不要談。」

一時之間，我們都陷入沉默。她先喝，然後我喝。最後我把杯子放下來說：「好吧，這也不是祕密。只不過是我不經常談論這個問題。有天晚上我在華盛頓高地的一家酒館裡。警察可以在那裡喝免費的酒。老闆喜歡有我們在那裡進進出出，所以你可以賒帳，從來也不會有人叫你付錢。我有十足的理由到那裡去，那時候我已經下班了，我想在開車回長島以前先放鬆一下。

「不過，也許那天晚上我根本不打算回家。我經常不回家。有時我逮到幾個鐘頭到旅館去睡覺，省得還要開車往返。有時候我甚至不必到旅館開房間。

「兩個流氓搶劫這個酒館，」我繼續說道，「他們拿走了收銀機裡面的錢，在走出去的時候還拿槍射殺酒保，就這樣他媽的把他打死了。我跑到街上去追他們，我穿著便服，但我當然還帶著槍。你總是會帶著槍的。

「我射光了子彈。我射中了他們兩個。其中一個死了。另一個變成殘廢，腰部以下癱瘓。有兩件事他再也無法做了，走路和做愛。」

我以前也講過這個故事，但這次我感覺到所有的故事在重演。華盛頓高地地勢較險，他們往一個斜坡上逃逸。我記得我拚了命，用兩隻手握著槍，往山上開火。也許是蘇格蘭威士忌使得回憶變得如此生動。也許鮮明的回憶是在回應她那對大而堅定的灰色眼睛。

「因為你殺了一個人，並且使另一人變成殘廢……」

我搖頭，「這不會對我產生困擾。我只會因為沒把他們兩個都幹掉而感覺遺憾。他們在這片上帝的土地上毫無正當理由殺了那個酒保。夜晚我一覺到天亮，想都懶得想他們。」

她等著。

「有一槍射偏了，」我說，「往山上瞄準兩個移動目標，見鬼了，我能射中已經是夠了不起。我在警察射擊場，成績永遠是專家級，但實戰畢竟是不同。」我試著把自己的眼睛由她的眼睛那邊拉回來，但是我做不到。

「其中有一槍失誤了，那一顆子彈彈跳到人行道上或什麼的。跳得不好。那裡正好有個小女孩走在那附近或站在附近，不知道她他媽的站在那裡做什麼。她才六歲。我真的不知道她他媽的那個時候出來在那裡做什麼。」

這次我終於看到別的地方去了。「子彈穿過她的眼睛，」我說，「跳彈射擊飛起時都有個角度，所以只要偏上一吋不管是向哪一邊偏，可能就有掠過的空間，但生命是場生死隔條線的遊戲，不是嗎？沒那麼走運，子彈射中腦袋，她死了，當場就死了。」

「天哪！」

「我沒有做錯任何事。當局做了一份報告，因為做報告是標準程序，報告中一致同意我沒有做錯事。事實上，我得了一個嘉獎。那孩子是波多黎各人，名字是艾提塔・里維拉。當有像這樣的少數民族傷亡時，你有時候會有壓力，有時候社區團體也會來找你麻煩，但這個案子沒這些問題。要說對我有什麼的話，我只不過是一個行動快速但運氣稍背的警察英雄。」

「因此你離開了警界？」

威士忌酒的瓶子空了。伏特加的瓶子內大概還有半品脫，我倒了幾盎司到我的杯子中。我說：

「不是立刻，但也沒多久。而且我也不知道我為什麼這麼做。」

「罪惡感。」

「我不確定。我只知道當一個警察不再那麼好玩。做丈夫和父親也一樣行不通。我向兩邊都請了假，搬進一家旅館裡，在哥倫布圓環西邊的一個街區上。這麼一路下來，我很清楚我不想回去，不回到我太太身邊，也不回警察局。」

有一陣子我們兩個都不說話。過了一會兒，她靠過來觸摸我的手。出人意表又有點笨手笨腳的姿勢，但是，為了某種理由，竟令我感動。我感覺到我的喉嚨都滿了。

然後，她縮回她的手並且站了起來。我一時之間以為她的意思是叫我離開。相反的，她說：

「我要在賣酒商店打烊前打電話。最近的一家在運河街，而且他們打烊得早。你要繼續喝蘇格蘭威士忌，還是你想要換喝波本威士忌，哪個牌子的波本威士忌？」

「我大概得走了。」

「蘇格蘭或波本威士忌？」

「我繼續喝蘇格蘭威士忌。」

當我們等著酒送來的那段時間，她帶我參觀統樓，並介紹我看她的一些作品。大部分是寫實作品，像梅杜莎，但也有一些是抽象作品。她的雕刻作品充滿力量。我告訴她我喜歡她的作品。

「我做得很好。」她說。

她不讓我付買酒的錢，堅持說我是她的客人。我們又坐回椅子上，打開我們各自的酒瓶，把酒倒到杯子裡。她問我是否真的很喜歡她的作品。我告訴她，我的確很欣賞。

「我一定會做得很好的，」她說，「你知道我是如何進這一行的嗎？在托兒所和小朋友們玩黏土。我常帶那種黃色雕塑黏土回家，一小時又一小時的做。後來我在布魯克林學院上夜間部的課，一種成人班課程，指導老師告訴我說我有天分。他不必說，我知道的。

「我也得到別人的讚賞。一年多前在恰克．劉維登藝廊我辦過一次展覽。你知道這家藝廊嗎？在格蘭街上？我不知道。藝廊給我辦了一次個人展。一個女人的個展。只有一個人的展覽。該死！現代人講話前都還得要先想一想才行，你注意到沒有？」

「嗯。」

「去年我得到一個NEA獎。國家藝術基金會頒的獎。另外還有一個愛因洪恩基金會頒給我一個較小的獎項。不要假裝你聽過愛因洪恩基金會，得獎前我也從來沒有聽說過。我有些作品在頗為高尚的收集之列。有一兩件在美術館，啊，是一件，而且不是在現代藝術美術館，但總之是一間美術館。我是個雕塑家。」

「我從來沒說你不是。」

「我的小孩現在在加州，而我從來沒去看過他們。他有完全監護權。該死，是我自己要搬出來的，對吧？首先，我是那種違反自然的母親，拋夫棄子的同性戀，所以他當然會獲得監護權，對不對？我沒有提出異議。你想不想知道一件事，馬修？」

「什麼？」

「我不要監護權。我做托兒工作時就已經做夠了。我他媽的一直在監護一堆孩子，包括自己的在內。你還要監護權做什麼？」

「聽起來完全符合自然。」

「偉大的梅西．普門倫斯夫婦就不能同意你的意見。對不起，我是說米姬，高登和米姬他媽的普門倫斯，高級中學年鑑裡的模範夫妻。」

我現在可以聽得到她的聲音裡有伏特加。她還不至於講話含糊不清，但是她的聲音裡有一種酒精造成的音質。對此我毫不訝異。她跟著我一杯又一杯的喝，喝到連我都感受到酒力了；不過那是因為我先前喝了不少。

「當他說他要搬到加州去時，我發了一頓脾氣。我叫著說這不公平，他得留在紐約，我才可以去看他們。我有探視權。我說，而且如果他們搬到三千哩外遠的地方去，我的探視權還有什麼用？但是你知道嗎？」

「什麼？」

「我得到了解放。就某方面來說我很高興他們走了，因為你無法相信，每週一次搭地下鐵晃到那兒，和他們坐在公寓裡或在波朗坡區四處走，還要冒著遭梅西．普門倫斯白眼的風險。該死的東西，為什麼我每次都不能叫對那個該死的女人的名字？米姬！」

「我有她的電話號碼。你大可以撥電話給她，把她狠狠的罵一頓。」

她大笑。「哦，天呀，」她說，「我要小便，我馬上回來。」

她回來後坐到長沙發上。沒有開場白，她直接說：「你知道我們是什麼嗎？我和我的雕刻，以及你和你的存在焦慮症，我們是對逃避現實的酒鬼。就是這樣。」

「你說是就是。」

「用不著附和我。就讓我們面對現實吧，我們兩個都是酒鬼。」

「我是喝得很多。但這是有差別的。」

「有什麼差別？」

「只要我願意，我隨時都可以戒酒。」

「那你為何不戒掉？」

「我為何應該要戒掉？」

她沒有回答這個問題，反而把身子往前靠又加滿酒杯。「我戒掉過一陣子，」她說，「我戒了兩個月，超過兩個月。」

「你就這樣突然想到要戒酒？」

「我參加戒酒無名會。」

「哦。」

「你去過嗎？」

我搖頭，「我不認為它對我有效。」

「但你可以戒掉任何東西。」

「是呀，只要我願意。」

「而你無論如何不是個酒鬼。」

最初我沒有說什麼。後來我說：「我認為這要看你怎麼定義這個字。無論如何，它只不過是個標籤。」

「他們說你自己決定你自己是不是一個酒鬼。」

「我決定我不是。」

「我決定我是。而且它對我有效。最重要的是，他們說最有效的方法就是不要喝酒。」

「我可以看出差別在哪裡了。」

「我不知道我為什麼要談這個話題。」她喝乾了她杯子內的東西。透過杯子邊緣看著我。「我不是故意要談這個該死的話題。先是我的孩子，然後是我喝酒的事，真他媽的掃興！」

「沒有關係。」

「我很抱歉，馬修。」

「忘了吧。」

「過來坐我旁邊，幫我忘了它吧。」

我過去和她一起坐在長沙發上，伸手摸著她美麗的頭髮。灰色頭髮的光澤增加了它的吸引力。她用那雙深邃不見底的灰色眼睛看著我好一會兒，然後閉上眼睛。我吻了她，她抱住我。我們互相擁抱。我觸摸她的胸部，吻她的脖子。她強壯有力的手揉著我背部和肩膀的肌肉，好像在揉雕塑黏土一樣。

「留下來過夜吧？」

「我喜歡這個提議。」

「我也這麼覺得。」

我又重新倒滿了我們兩人的酒杯。

9

遠處教堂的鐘聲把我敲醒。我的頭腦很清楚，並且感覺還不錯，兩條腿掛在床邊，眼睛和一隻貓正好倆倆相望。牠的毛很長，雙腳蜷縮臥在地上。牠看了我一下，把頭縮進去繼續打盹兒。和這家的女主人睡了一晚，連貓也都能接受你了。

我穿好衣服，在廚房裡找到珍。她正在喝一杯淡色的柳橙汁。我猜她一定加了一些什麼可以緩和宿醉的東西在裡面。她用克美克斯濾泡式咖啡壺沖好了咖啡並且倒了一杯給我。我站在窗戶旁邊喝。

我們沒有交談。教堂的鐘聲已經停下來了，週日上午的沉寂跟著擴散開來。外面天氣晴朗，太陽在沒有雲的天空上燃燒。我往樓下看卻看不到一丁點生命的跡象，街上沒有半個人也沒有車子在移動。

我喝完了咖啡，把杯子放進不銹鋼水槽裡的髒碗盤中。珍用一支鑰匙把電梯弄上樓來。她問我是不是要去羊頭灣，我說我猜我是要去那兒。我們互相擁抱了一會兒。透過她穿的晨袍，我感覺到她美好身軀的溫暖。「我會打電話給你。」我說。然後乘坐那部尺寸過大的電梯到地面一樓。

一位名叫歐拜爾尼的警官透過電話告訴我怎麼到他們那裡去。我依照他所說的，先乘BMT布萊頓線到葛雷森區的內克路。火車在經過布魯克林後跑到地面上來，經過一些有草皮的獨棟式房屋區，看起來真是一點也不像在紐約。

六十一分局的警察局在康尼島大道上，我不怎麼費事就順利找到它。在小隊辦公室裡，我和一個滿臉橫肉，長下巴，名叫安東尼里的刑警玩猜謎遊戲。還好我們都認識的人夠多，這才使他對我寬心不少。我告訴他我現在正在辦什麼案子，而且提到是法蘭克．費茲羅伊引薦給我的。雖然我不覺得他們會彼此熱愛對方，但是他也認識法蘭克。

「我得先看看我們的檔案是什麼個樣子。」他說，「不過你可能在費茲羅伊給你看的檔案裡見過我們的報告影本了。」

「我主要是想和看過屍體的人談一談。」

「你在曼哈頓看到的檔案裡沒有處理現場警官的名字嗎？」

我自己也想過這個問題。也許我不用跑到布魯克林的這個鬼地方來同樣可以辦好這件事。不過，如果你走出去找線索，有時候你找到的東西會比你原本想要的更多。

「好吧，也許我可以找到那個檔案。」他說。他把我留在一張桌緣燙滿香菸疤痕的桌子旁。過去兩張桌子，有個捲起袖子的黑人刑警在打電話。聽起來像是在和一個女人講電話，而且不像在講警察局的事。靠著較遠那面牆的另一張桌子上有兩個警察，一個穿制服一個穿便服，在訊問一個有著一頭無法無天蓬亂黃髮的十幾歲少年。

安東尼里拿著一本薄薄的檔案夾過來，丟在我面前的桌子上。我拿起來看，偶爾停下來在我的記事本上記些東西。我了解到這個受害人是住在黑林街二七五〇號的蘇珊·波多斯基。二十九歲，是一個有兩個小孩的媽媽，和她當建築工人的丈夫分居。和小孩住在分租兩個家庭的雙併式房屋。他門住在低樓層。她是在星期三下午大約兩點時被殺的。兩個小孩，男的八歲女的十歲，在下午三點半左右一起放學回家，發現他們的媽媽在廚房地板上，衣服被脫掉一部分，屍體上布滿了戳刺的傷口。他們跑到街上尖叫直到巡邏警員出現。

「找到什麼了嗎？」

「也許。」我說。我抄下第一個到達現場的警察姓名還有兩個六十一分局刑警的名字。他們兩個在本案轉給諾斯中區前也到過黑林街的命案現場。我給安東尼里看這三個名字。「這些傢伙中有哪一個還在這裡工作的？」

「巡邏警員波頓·哈佛梅爾，三級刑警肯尼士·亞爾顧德，一級刑警麥克·昆恩。麥克·昆恩在兩三年前死了。他利用職務之便和一個搭檔在W大道合開了一家烈酒專賣店，店裡發生槍戰，他被殺死了。好慘，在他死前兩年他太太也因癌症去世了，四個小孩被孤伶伶的留在世上，最大的一個才剛要上大學。你一定看過相關報導。」

「我想我看過。」

「殺了他的那些傢伙吃了好長一段時間的牢飯，然而他們現在還活著，而他卻已經死了。所以讓你去想吧。另外兩個，亞爾顧德和哈佛梅爾，我不認得這兩個名字，所以他們一定在我來之前就離開六十一分局了。我來這兒幾年了？五年？差不多。」

「你能查得出來他們到哪裡去了？」

「我也許可以查得到。你究竟要問他們什麼呢？」

「她的兩個眼睛是否都被戳穿。」

「那個叫什麼來著的人？費茲羅伊？給你看的檔案裡沒有驗屍報告嗎？」

我點點頭。「兩個眼睛都有。」

「所以？」

「你記得幾年前的一件案子嗎？他們從哈德遜河撈上來某個女人，說她是淹死的？法醫辦公室裡有個天才把一個顱骨拿出來當紙鎮用，後來這個醜聞傳了開來，因為事情炒得火熱，終於第一次有人把這個骷髏頭拿出來仔細查看，才發現裡面有個彈孔。」

「我記得。她是一個由紐澤西來的女人，嫁給一位醫生，是不是她？」

「對。」

「我有個可靠的經驗法則。假如有個醫生的老婆被殺死，那一定是她丈夫做的。我不用找什麼狗屁證據，醫生總是做這檔事。我不記得這個醫生後來脫罪成功了沒。」

「我也不知道。」

「不過，我了解你的重點。驗屍報告對你沒用。但是九年前的目擊者又能有什麼用呢？」

「不很有用。不過……」

「我來看看我能找到什麼。」

這一次他去了久一點，回來時表情有點怪。「這案子運氣不好，」他說，「亞爾顧德也死了。至於巡邏警員哈佛梅爾，他辭職不幹了。」

「亞爾顧德是怎麼死的？」

「心臟病發作，大約一年前。他幾年前轉調出去的。他到中央大道的總部去工作。有一天突然倒在桌上死了。檔案室裡有個傢伙從亞爾顧德在這裡工作時就認得他，並且正好知道他是怎麼死的。就我所知，哈佛梅爾可能也已經死了。」

「他怎麼了？」

他聳聳肩膀。「誰知道？在冰錐命案發生後沒幾個月，他就遞辭呈回去過他的平民生活了。理由是不特定私人因素。他只做了兩三年的警察。你知道新進人員的離職率是這樣子的。他媽的，你自己就是個離職警察。私人因素，是吧？」

「差不多是這樣。」

「我查出了一個地址和電話。這段時間裡他可能已經搬過六次家了。假如聯繫不到，你可以試試市區。他在這裡待得不夠久，沒有任何津貼可以領，但他們經常追蹤離職警察。」

「也許他還住在同一個的地方。」

「有可能。我祖母就還住在伊莉莎白街上那種有三間小房間的公寓，她從巴勒摩下船以來一直住在那間公寓裡。有些固定不動，其他的人換房子像換他們的襪子一樣。也許你走運。我還能幫你什麼？」

「黑林街在哪兒？」

「命案現場？」他笑了，「天呀，你是隻嗅覺敏銳的獵犬，」他說，「要先去嗅一嗅那臭跡是什麼味兒，嗯？」

他告訴我該怎麼走。他浪費了很多時間幫我忙，但是他不要我的錢。我感覺得到他可能不會要——有人要也有人不要——然而我還是向他提議道：「你或許要買頂新帽子。」他走過來很堅定的露齒一笑向我保證他有一櫃子的新帽子。「這些日子以來，我也難得有機會戴帽子。」他說。我只是要給他二十五元，比之他所做的努力實在是很廉價。「在安靜的分局裡時間過得很慢，」他說，「我剛才提供給你的東西對你能有多少幫助呢？對波朗坡的那個案子你心裡已經有譜了嗎？」

「還沒有。」

「像在煤礦堆中獵黑貓一般，」他說，「幫我一個忙？有結果的話讓我知道。如果有結果的話。」

我照著他說的方向到黑林街。九年來這一帶一定沒什麼改變。房子都還在，四處都有小孩子。路邊磚道上停著車，通往住宅的車道上也幾乎都停著車。我覺得這個街區裡好像還有成打的人記得蘇珊·波多斯基似的，而且我也知道她那和別人都合不來的丈夫在謀殺案發生後搬回來這裡和兩個孩子住在一起。他們現在一定長大了，十七歲和十九歲。

她生下第一個孩子時一定還很年輕。那時候她自己才十九歲。不過在這個地區早婚又早生小孩並非不尋常。

我認為他可能已經搬走了。假如他是為了孩子搬回來的，他不會讓孩子們繼續住在他們發現媽媽死在廚房地板上的屋子裡。他會這樣做嗎？

我沒有按那間屋子的門鈴或其他人的門鈴。我不是在調查蘇珊．波多斯基的謀殺案，我不需要做白工。我看了她死在裡面的房子最後一眼，然後轉身離開。

8

波頓．哈佛梅爾的住址是在聖馬克斯街二一二號。東村不像是一個警察住的地方，而且看起來在九年後還住這裡的可能性極低，不管他是否繼續留在警察局服務。我在海洋大道一家藥房的公用電話亭撥安東尼里給我的電話號碼。

一個女人接聽電話。我問她我可否和哈佛梅爾先生講電話。她停了一下，「哈佛梅爾不住這裡。」

我正要為打錯電話道歉，但她接著又說：「我不知道在哪裡可以找到哈佛梅爾先生。」

「你是哈佛梅爾太太嗎？」

「是的。」

我說：「很抱歉打擾你，哈佛梅爾太太。以前你先生任職的六十一分局裡的一位刑警給我這個電話號碼。我想找……」

「我的前夫。」

她講話有一種沒有高低的特質，好像她不慌不忙的把自己從她正在講的話中分離出來。我注意到康復後的心理病患說話時也有類似的特徵。

「我找他是為了一件關於警察的事情。」我說。

「他不當警察已經有好多年了。」

「我知道。你有沒有可能知道我要如何才能找到他？」

「不知道。」

「我想你不常見到他，哈佛梅爾太太，但你知不知道……」

「我從來沒有見過他。」

「我明白了。」

「哦，你明白了嗎？我從來沒有見過我的前夫。我每個月會收到一張支票。支票是直接寄到銀行，存到我的帳戶裡。我沒見過我的前夫，也沒有見到過支票。你明白嗎？真的嗎？」

這些話可能是帶著感情陳述出來的，但是她的聲音仍舊那麼平鋪直敘且事不關己的樣子。

我沒有說什麼。

「他在曼哈頓，」她說，「也許他有電話，也許電話號碼簿裡就有了。你可以找找看。我知道如果我不幫你找，你也會原諒我。」

「當然。」

「我很清楚事情很重要，」她說，「警察的事通常都很重要。」

8

藥房裡沒有曼哈頓的電話號碼簿，所以我請查號台的接線生幫我找。她找到了一位住西一〇三街的波頓・哈佛梅爾。

我撥了那個號碼，但沒有人接聽。

藥房裡有個午餐櫃檯。我坐在一張高腳椅上吃了一個烤起司三明治和一片過甜的櫻桃派並且喝了兩杯沒加牛奶的咖啡。咖啡還不錯，但比不上珍用克美克斯濾泡式咖啡壺煮的那一種。

我想起她。然後我又走回電話旁，幾乎就撥了她的電話號碼，結果我撥的是哈佛梅爾的號碼。這次他接電話了。

我說：「波頓・哈佛梅爾嗎？我的名字是馬修・史卡德。我想知道今天下午我可不可以過來看你。」

「做什麼？」

「關於警察方面的事。有些問題我想請教你。我不會占用你太多時間。」

「你是警察嗎？」

真要命。「我以前是。」

「我也一樣。你能不能告訴我你要跟我談些什麼？你叫什麼名字？」

「史卡德，」我回答道，「事實上，這是個古老的故事了。我現在是個偵探，我在調查一個你在六十一分局處理過的案件。」

「那是好幾年前的事了。」

「我知道。」

「我們可以在電話裡談嗎？我想不出來我能提供給你什麼有用的資料。我那時是個巡邏警員，我沒有辦過案……」

「如果可以的話我想到你那兒去一下。」

「我……」

「我不會占用你太多時間的。」

躊躇了一下。他有點發牢騷的說：「今天我休假，我正打算要坐下來，喝幾杯啤酒，看場球賽。」

「我們可以利用廣告時間談。」

他笑了，「好吧，你贏了。你知道住址嗎？門鈴上有名字，你什麼時候來？」

「一個小時或一個半小時。」

「那好。」

8

上西城是紐約另一個靠北的地帶，但是本地的文藝復興運動還沒有越過第九十六街。哈佛梅爾住在哥倫布和阿姆斯特丹之間一〇三街上一棟業已荒廢的褐石建築物裡，沿著街道兩邊都是這樣的房子。鄰近一帶大致都很西班牙化。很多人坐在門前的階梯上，聽大型的收音機，並且一邊喝著棕色紙袋子裡的「美樂高品味生活啤酒」。每三個女人中就有一個是懷孕的。

我找到哈佛梅爾的公寓，按了門鈴，然後爬了四段階梯。他在其中一間靠後排的公寓門口等著我。他說：「史卡德？」我點點頭。「波頓．哈佛梅爾，」他說，「進來吧。」

我跟著他進了一間有著狹長廚房的寬敞工作室。屋頂上的照明設備是一只裝在日本式紙燈籠內的燈泡。牆壁該油漆了。我坐在長沙發上，手裡拿著一罐他給我的罐裝啤酒。他自己拉開一瓶，然後走過去關掉電視。那個黑白手提電視機放在一個裝橘子的板條箱上。板條箱的下面兩層放了一些平裝書。

他自己拉了一張椅子坐下來，翹著腿。他看起來才三十出頭，五呎八吋或九吋高，膚色蒼白，窄肩膀，啤酒肚。他穿著一條棕色斜紋休閒褲和一件有棕色及米白色花樣的運動衫。眼睛深陷，顎骨巨大，深棕色的頭髮服服貼貼的，他早上沒有刮鬍子。我這才想到，我也沒有刮。

「大約九年前，」我說，「有個女人叫蘇珊．波多斯基。」

「我知道。」

「哦。」

「掛斷電話後我就想，為什麼有人要和我談已經九年或十年前的老案子？我猜一定有關冰錐殺人案的事。我看報紙。他們抓到那個傢伙了，對不對？他們做了個圈套他就往裡跳。」

「差不多是這樣。」我向他解釋路易士．品奈爾否認芭芭拉．愛丁格的死與他有關，而且看起來事實也站在他這一邊。

「我不明白，」他說，「其他至少好像還有八件謀殺案吧，是不是？這還不足以把他送進牢裡嗎？」

「對芭芭拉．愛丁格的父親而言，這樣還是不夠。他要知道是誰殺了他女兒。」

「這就是你的工作。」他輕輕的吹了一聲口哨。「你真走運。」

「就是這麼一回事。」我喝了一點啤酒。「我不認為波多斯基的死和我正在調查的這個案子有任何關聯，但她們兩個都住在布魯克林，而且有可能這兩個謀殺案都不是品奈爾做的。你是第一個到達現場的警察。你能很清楚的記得那天的情形嗎？」

「天呀，」他說，「我非記得不可。」

「哦？」

「我就是因為這個案子離開警界的。不過我想羊頭灣那邊的人已經告訴過你了。」

「他們只說是為了不特定的私人因素。」

「這樣嗎？」他兩手握著啤酒罐，低頭坐著，眼睛向下看著它。「我記得她的孩子是怎樣尖叫的，」他說，「我記得我知道走進去會看到真正可怕的事，再接下來，我還能記得的，就是我在她的廚房裡，我正朝下看著她的屍體。其中一個小孩抱著我的褲管不放，就像小孩子常做的那樣，你曉得他們是怎麼做的。我向下看著她，然後閉上眼睛再睜開眼睛，我看到的影像還是沒有改變。她穿著一件，你們叫它什麼來著的，一種家居服。上面有日本書法及一隻鳥的圖案，一種日本式的藝術。一件和服？我猜是叫和服。我記得它的顏色。橘色，滾黑邊。」

他抬頭看著我，然後再次低下雙眼。「那件家居服打開著。那件和服。打開了一部分。整個身體都是圓點，像是標點符號。他用冰錐刺的。大部分在軀幹上。她的胸部非常好看。記得這種事情實在是可怕，但是要怎樣才能把它忘掉呢？站在那裡注視著滿是傷口的胸部，她已經死了，而你一直注意到她有一對一級棒的奶子。我恨自己竟然會想著這種事情。」

「的確是會發生這種事的。」

「我知道，我知道，但它緊緊黏在你心上，就好像喉嚨裡卡著一根骨頭。而且小孩子在外頭不斷的號哭和吵鬧。一開始，我沒有聽見任何吵鬧聲，因為她的那個樣子阻擋了一切。好像它把你弄聾了，把你其他的知覺粉碎了。你知道我的意思嗎？」

「是的。」

「然後，聲音出現了，小孩也還掛在我的褲管上，要是他能長命百歲，他母親這副模樣就會一直烙印在他腦海裡，跟著他到老。甚至就連我這個跟她素昧平生的人，也無法將那個場景從腦海中拋開。它日夜重複出現。我睡著的時候它出現在我的夢魘裡，我醒著的時候，它又會不時的襲上我心頭。我不要再走進任何地方，我不要再冒險去看另一個人的屍體。終於，我慢慢明白過來，我不想再從事一個一旦有人被殺就得去幫忙善後的工作。『不特定的私人因素』，哈，這下變成特定的了。我拖了一點時間，仍舊撐不下去，我就辭職了。」

「你現在從事哪一行？」

「保全警衛。」他說了一家位於商業區和住宅區中間地帶的商店名稱。「我也試過其他工作，但是這一個工作我做到現在已經七年了。我穿制服甚至臀部還佩帶著一把槍。在這個前面的那一個工作，他們給我佩帶著一把沒有裝子彈的槍。真使我抓狂。我說帶不帶槍，都無所謂，但不要叫我佩帶一把沒裝子彈的槍，因為壞人以為你有武器，但事實上你卻不能保衛自己。現在我有一把裝有子彈的槍，而且這把槍七年來都還沒有離開過它的皮套子，我喜歡這樣。我可以嚇阻搶劫和行竊。不過嚇阻行竊方面還不能盡如人意。把風的人非常狡滑。」

「我可以想像。」

「這是個無聊的工作。但我喜歡。這樣可以確定我不必走進別人的廚房，而且廚房的地板上有死人。我工作時可以和別人開玩笑，我偶爾會抓到扒手，全部的事情都美好而穩定。我過著簡單的生活，你知道我的意思嗎？我喜歡這樣的生活方式。」

「問一個關於命案現場的問題。」

「好的。」

「那個女人的眼睛。」

「哦，上帝，」他說，「你非得要提醒我不可。」

「告訴我。」

「她的眼睛睜開著。他戳刺全部受害人的眼睛。我那時還不知道。報紙上也沒有報導過，他們用這種方法留一手，你知道吧？但是刑警一到就馬上查證這一點，你知道，那不是我們的案子，我們可以把它丟給其他分局。我忘了是哪一個分局了。」

「中城南區。」

「大概就是你說的這個吧。」他閉上眼睛好一陣子，「我有說她的眼睛是睜開的嗎？朝上瞪著天花板。但是卻像兩只血做的橢圓體。」

「兩隻眼睛都是嗎？」

「你說什麼？」

「她的兩隻眼睛是否情形都一樣？」

他點點頭。「怎麼了？」

「芭芭拉·愛丁格只有一隻眼睛被戳。」

「有什麼差別嗎？」

「我不知道。」

「如果有人要模仿凶手，他們會完全模仿，不是嗎？」

「你這樣認為。」

「除非是他幹的，而他突然想要做個改變。誰知道一個發狂的人會怎樣？也許那天上帝告訴他只要戳穿一隻眼睛就好。誰知道？」

他去拿另一罐啤酒並且問我要不要，我拒絕了。我沒打算待那麼久。事實上，我只想問他一個問題，而他的答案也只不過是證實那份驗屍報告的內容。我想我可以透過電話問他，但是這樣一來我就沒有機會深入他的記憶，也沒有機會知道他對廚房裡發生的事有什麼真實的感受。現在他毫無疑問的已經走入時光隧道，並且再一次目睹了波多斯基的屍體。她的雙眼都被刺穿了，他不是用猜的。他閉上自己的眼睛而且看到了她雙眼的傷痕。

他說：「有時候我想知道。我是指，當我在報紙上看到他們已經逮捕到這個品奈爾的時候，還有現在你到我這裡來。假如我不是那個走進去看到波多斯基的人？或者假設這件事情晚個三年才發生，而我已經有較豐富的經驗，我的生活可能會有多大的不同。」

「你可能會一直留在警察局。」

「有可能，對吧？我不知道我是不是真的喜歡當警察，或我能不能做個好警察。我喜歡警察學校的教學課程。我喜歡穿制服。我喜歡走路巡邏，還有和人們打招呼，並且看著他們回應我。至於真正的警察工作，我不知道自己能有幾分喜好。也許，如果我真的適合這個工作，我就不會為了我在那間廚房裡看到的事而驚慌失措的丟下這個工作。再不然，我最後也應該會克服它而且變得更堅強。你自己也曾經是個警察，然而你也辭職了，對不對？」

「為了不特定的私人因素。」

「是呀，我猜到處都有一堆這種事。」

「牽涉到一個人的死亡，」我說，「一個小孩。結果是我失去了對工作的興味。」

「和我的情形完全一樣，馬修。我失去對它的興味。你知道我在想什麼嗎？就算不是因為那件事也還是會有其他的事情發生。」

我的情形也是這樣嗎？以前我從來沒有這麼想過。假如艾提塔．里維拉能回到自己的床上，我還會繼續住在西歐榭區並且戴著警察的徽章嗎？或真會有其他意外無可避免的悄悄推著我轉變人生的方向？

我說：「你和你太太分手了？」

「沒錯。」

「和你遞辭呈同時嗎？」

「那之後沒多久。」

「你馬上就搬到這裡來嗎？」

「我先住到一家自助旅館去，由百老匯往下走幾個街區。我在那裡住了大約十個禮拜，直到我找到這個地方。從那時候到現在我都住在這裡。」

「你太太還住在東村。」

「嗯。」

「聖馬克斯街。她還住在那裡。」

「哦。對。」

「有小孩嗎？」

「沒有。」

「這樣事情比較容易處理。」

「我想是這樣。」

「我太太和兒子們住在長島。我現在住在第五十七街的一家旅館裡。」

他點點頭表示了解。人一搬家生活也變了。他變成在看守喀什米爾毛衣。我變成在做我現在正在做的事。正如安東尼里所說的，在煤礦堆裡找黑貓。找一隻根本不在那裡的貓。

10

我回到旅館時發現有琳恩・倫敦給我的留言。我用旅館大廳裡的公共電話打電話給她，向她解釋我是誰還有我要做什麼。

她說：「我父親僱用你？真是奇怪，他什麼也沒有告訴我。我以為他們已經抓到殺我姐姐的凶手了。他為什麼會突然間……算了，我們這就言歸正傳。我不知道我能幫你什麼忙。」

我告訴她我想和她見個面談談她姐姐的事。

「今晚不行，」她精神奕奕的說，「幾個小時前我才從山上下來。我累死了，而且我還要準備一整週的教學計畫。」

「明天吧？」

「我白天都要教書。晚上有個晚餐約會，然後我還要去聽一場音樂會。星期二是團體治療夜。也許星期三？星期三也不行。該死。」

「也許我們可以……」

「也許我們可以透過電話談？我知道的真的不多，史卡德先生，而且天曉得我這會兒真是累斃了，不過也許我能撐得過去。說吧，現在給你十分鐘問問題，否則我真的不知道我們何時才有機會碰頭，我知道的真的不多，那是很多年前的事了，而且……」

「你明天下午什麼時候下課？」

「明天下午？小孩三點十五分下課，但是……」

「我四點鐘到你的公寓來找你。」

「我告訴你了，明天晚上我有晚餐約會。」

「對，然後你還有一場音樂會。但我是四點鐘去找你，不會占用你太多時間。」

她顯得並不熱切，不過我們就此打住。

我又投下一分錢打電話給珍·肯恩。我重點式的敘述了我今天的行程，她則告訴我說我的勤勞令她敬畏。「我不知道，」我說，「有時候我想我只是在耗時間。打幾通電話同樣也可以完成我今天所做的事。」

「昨晚我們也可以用電話就談完我們的事，」她說，「進展也相同。」

「我很高興我們沒有這麼做。」

「我也是，」她說，「我想。我今天本來打算要工作的，結果我甚至連看著黏土都做不到。我希望在睡覺時間來臨前宿醉能消退。」

「我今天早上頭腦就已經很清醒了。」

「我的頭才剛要開始清醒一點而已。也許我就錯在一直待在屋裡。陽光也許可以幫我炙燒掉一些霧濛濛的感覺。現在我只能坐著等時間一到就去睡覺。」

也許這句話裡隱含著沒有說出口的邀請。我大可提議要過去一趟。但是我已經回到家了，而且看起來這是一個短暫而寧靜的夜晚，十分合我的胃口。我告訴她我想說的是我真的很高興昨晚有她與我為伴，我會再打電話給她。

「我很高興你來電話，」她說，「你是個溫柔的男人，馬修。」停了一下，她接著說，「我一直在想那件事，很可能是他做的。」

「他？」

「道格．愛丁格。可能是他殺了她。」

「為什麼？」

「我不知道為什麼。但每個人都有殺掉自己另一半的動機，不是嗎？從來就沒有哪一天我找不到可以殺掉艾迪的理由。」

「我指的是你為什麼認為是他做的。」

「哦。我是想，我想你必須要非常邪惡才會模仿殺人犯的手段去殺人。而我知道他是一個非常邪惡的人，卑鄙小人一個。他會計謀去做這種事的。」

「有點道理。」

「聽著，我沒有任何特別的線索。但我是這樣想。他現在在做什麼？賣體育用品？你是這樣說的嗎？」

8

我坐在房間裡讀了一會兒書，然後到阿姆斯壯酒吧的老位置上吃晚餐。我在那裡待了幾個鐘頭但沒喝多少酒。今天客人不多，星期天通常如此。我和一些人聊了幾句，但是大部分時間我都一個人坐著讓這兩天發生的事情在我的意識裡穿進穿出。

凌晨時分我才就寢，我先到第八大道買了份週一早報版的《新聞報》，回到旅館房間裡，看了報紙，然後去淋浴。我看著鏡中的自己。想到要刮鬍子，然後又決定等到明天早上再說。我戴上睡帽，短的那一種。上床睡覺。

電話鈴響時我還深深的沉睡在夢中。我在夢中奔跑，追著人跑或被人追著跑，然後我坐在床上，心裡怦怦的跳。

電話鈴聲在響。我伸出手去接聽電話。

一個女人說：「為什麼你不讓塵土歸於塵土？」

「你是誰？」

「不要管死人的事。讓死去的人安息。」

「你是誰？」

咔答一聲電話掛斷了，我開燈看手錶。大約一點三十分。如果時間沒弄錯的話，我只睡了一小時。

是誰打電話給我？這聲音我以前聽過，但想不起來在什麼地方。琳恩．倫敦？我想不是。

我下床，翻動我的筆記本，再度拿起電話。旅館的接線生一接起電話，我馬上唸給他一個電話號碼。他把電話接通後，我聽見電話響了兩聲。

是一個女人接的。就是剛才告訴我不要管死人閒事的女人。我以前聽過她的聲音一次，我現在想起來了。

我沒有什麼急在這一兩天內一定要跟她說的事。沒說半句話，我就把話筒掛回去，回到床上繼續睡覺。

二

隔天吃完早餐，我打電話到查里士・倫敦的辦公室。他還沒進辦公室。我留下名字並且說我稍後會再打電話過來。

我又投下一角錢打給十八分局的法蘭克・費茲羅伊。「史卡德，」我說：「品奈爾關哪裡？」

「他們在市中心抓到他，所以我想他們會把他轉到萊可斯島。幹嘛？」

「我想去看他。我的機會大不大？」

「不大。」

「你可以去那裡，」我這麼建議著。「我可以假裝是同車隨行的警官。」

「我不知道，馬修。」

「你的時間會有代價的。」

「不是這個問題。真的。問題是，這個該死的傢伙可以說是得來全不費功夫，我絕不想讓他有機會利用技術規則節外生枝。我們讓一個未經授權的訪客進去，如果他的律師得到風聲拿來大作文章，整個案子就毀了。你懂我的意思嗎？」

「看來不太可能會這樣。」

「也許不可能，但我不急著去碰運氣。你到底想從他那兒知道什麼？」

「我不知道。」

「也許我可以替你問他一兩個問題。假如我能去看他的話，我不能確定我一定可以。他的律師也許已經下令禁止了。但是，如果你有特別的問題……」

我是在旅館大廳的公用電話裡打電話的，這時候有人在敲門。我告訴法蘭克稍等一下，然後打開一條門縫。是櫃檯工作人員維尼，他說有我的電話。我問他是誰打來的，他回答說是一個沒說姓名的女人。我懷疑是昨天夜裡打電話給我的那個女人。

我告訴他把電話轉到桌上那具電話機，我馬上會去接。我鬆開按在話筒上的手告訴法蘭克我不知道要問路易士・品奈爾什麼特別的問題，但我會把他建議的方法放在心上。他問我是不是調查有進展了。

「我不知道，」我說，「很難說。我就是耗時間吧。」

「為了讓那個叫什麼倫敦的，覺得錢花得實在。」

「大概吧。我覺得絕大部分的努力都會徒勞無功。」

「通常都是這樣子的，不是嗎？有一陣子，我心裡想我一定浪費了自己百分之九十的時間。但是，如果你要達成那不算浪費的百分之十，你就一定得這麼做不可。」

「有道理。」

「就算你能見到品奈爾，也可能是屬於百分之九十那部分。你不覺得嗎？」

「也許吧。」

我和他講完電話，走到桌子那邊接另外一通電話。是安妮塔。

她說：「馬修？我只是要告訴你支票收到了。」

「那好，我很抱歉只有這麼多。」

「它來的正是時候。」

我手上有錢的時候就會寄一些給她和兩個兒子。她從來沒有就為了說她收到錢而打電話給我。

我問她孩子們好不好。

「他們很好，」她說，「他們這時候早已上學了。」

「當然。」

「我想你有好一陣子沒看見他們了。」

我覺得有一點光火。她打電話來就是為了告訴我這個？只是為了要按下那個令我產生罪惡感的小小按鈕？「我正在辦一個案子，」我說，「只要這個案子一結束，他們隨時都可以過來，我們可以一起去麥迪遜廣場看場球賽，或拳擊賽。」

「他們一定會很高興。」

「我也是。」我想起珍，因為她小孩搬到這片土地的另一邊去而得到解脫，因為她不必再去探望他們而得到解脫，而且又不必為了自己得到的解脫而產生罪惡感。「我也會很高興的。」我說。

「馬修，我打電話來是為了——」

「為了什麼呢？」

「哦，天呀，」她說。聽起來她既悲傷又疲倦。「是為了斑弟。」她說。

「斑弟？」

「是那隻狗。你記得斑弟嗎？」

「當然，牠怎麼了？」

「哦，真可憐，」她說，「獸醫說牠必須安樂死。他說到這個節骨眼上真的無法可想了。」

「哦，」我說，「我想如果我們必須這麼做——」

「我已經讓牠安樂死了。星期五。」

「哦。」

「我猜你會想要知道的。」

「可憐的斑弟，」我說，「牠一定有十二歲了吧。」

「牠十四歲了。」

「我沒有想到牠這麼老了。對狗而言，算是很長壽了。」

「差不多等於人類活了九十八歲。」

「牠是怎麼了？」

「獸醫說牠真的是太老了。腎臟都壞了，眼睛也幾乎瞎了。你知道的，不是嗎？」

「不知道。」

「這一兩年來，牠的視力一直在衰退。真是可憐，馬修。兒子們對牠失去興趣。我想這是最可憐的地方。他們小時候很愛牠的。但是，現在他們大了，就對牠沒興趣了。」她開始哭了起來。

我站在那裡，握著聽筒接近耳朵，沒有說話。

她說：「真是抱歉，馬修。」

「別傻了。」

「我打電話給你是因為我想把這件事跟別人談一談，但是我能跟誰說呢？你記得我們養這隻狗的時候嗎？」

「我記得。」

「因為牠臉上的斑紋還有牠的那副長相，我想叫牠『土匪斑弟』。你說這也太以貌取人了，但是我們已經暱稱牠斑弟了。因此，我們就說斑弟不是土匪斑弟的簡稱，而是斑德．史奈曲的簡稱。」

「《愛麗絲夢遊仙境》裡的斑德．史奈曲。」

「獸醫說牠其實沒有什麼感覺。牠只是沉沉入睡。他還幫我處理了屍體。」

「那好。」

「牠這輩子過得也不錯了，你不覺得嗎？牠是隻好狗。牠真像個小丑，總是能逗我開心。」

她又講了幾分鐘。我們之間的對話也就耗盡了，就像那隻狗一樣。她又再一次謝謝我的支票。

我也再一次說我希望錢能再多一些。我請她告訴兒子們，我只要一結束手上的案子，馬上會去看他們。她說她一定會轉告他們的。我掛上電話，往外走。

太陽被雲層遮住，而且還吹著一股寒風。由旅館算過去第三家店是麥高文酒吧，他們開門營業得早。

我走進去。裡面空蕩蕩的，只有兩個老人，一個在吧台後面，一個在吧台前面。酒保倒一杯雙份的早年時光波本酒還有一杯水給我，我的手微微的發抖。

我舉起玻璃杯，心想自己是不是太不明智了，都已經決定一大早要到倫敦的辦公室去拜訪他，竟然還讓呼吸帶有波本酒味。隨後，我決定了，對一個非正式的私家偵探，這應該是可以原諒的怪癖。我想著可憐的老斑弟。不過，我當然不是真的在想念那隻狗。對我而言，也許對安妮塔而言也一樣，牠是少數還維繫在我倆之間的一條線。牠這麼安詳的死了，有點像我們的婚姻。

我喝完酒，走出去。

8

倫敦的辦公室在松樹街一棟二十八層建築物的十六樓。我和兩個穿深綠色工作服的人一起搭電梯。其中一個帶著一塊筆記板，另一個提著工具箱。他們兩個都沒說話，我也沒有。

我找到倫敦的辦公室時，感覺到自己像是迷宮中的老鼠。他的名字列於毛玻璃上四個名字的首位。裡面，一個略帶英國口音的接待員請我先坐下，然後恬靜的用電話聯絡。我看著一本《運動畫刊》，直到有一扇門打開，查里士・倫敦招呼我進他的私人辦公室。辦公室空間充足，舒適但不華麗。從他的窗戶看出去，可以看到港口，只有一部分被周圍的建築物遮住。我們站在桌子旁，一人一邊，我感覺到我們之間的氣氛怪怪的。有一段時間，我後悔自己在麥高文喝了波本酒，後來我才意識到波本酒與隔在我們中間的帷幕無關。

「我希望你先打電話過來，」他說，「你可以省掉大老遠跑這一趟。」

「我打過電話，他們說你還沒進辦公室。」

「我拿到一張留言條說你稍後會再打電話來。」

「我想我省了一通電話。」

他點點頭。除了領帶，他的服裝看起來和他那天到阿姆斯壯時所穿的一模一樣，當然我確信西裝和襯衫其實也不同。他也許有六套完全相同的西裝，還有滿滿兩個抽屜的白襯衫。

他說：「我正要請你不要再辦這個案子了，史卡德先生。」

「哦？」

「你看來並不怎麼驚訝。」

「我走進來的時候就有一種感應。但是，為什麼呢？」

「我的理由是什麼並不重要。」

「但是對我而言很重要。」

他聳聳肩。「我犯了個錯誤，」他說，「我等於是要你效法愚公移山一樣。但這只是在浪費金錢。」

「你已經浪費一筆錢了。何不乾脆讓我幫你查出一些結果。錢已經花掉了，我沒法還給你。」

「我並不期望把錢拿回來。」

「而我也不是來這裡向你要更多錢的。所以，你告訴我不要再辦這件案子能為你節省什麼呢？」

他淡藍色的眼睛在沒有鏡框的鏡片後面眨了兩下。他問我是不是不打算坐下來。我說我站著比較自在。他自己也站著不坐下。

他說：「我表現得像個傻瓜。我想報仇，報復。興風作浪。不管是哪一個人或是哪一個瘋子幹的，我們也許永遠都沒辦法確定。我不該叫你去做一樁挖掘死人並且騷擾活人的工作。」

「這就是我的工作嗎？」

「請你再說一遍？」

「挖掘死人並且騷擾活人？也許這對我所扮演的角色是一個很好的定義。你是什麼時候決定要取消的？」

「這不重要。」

「愛丁格來找過你？一定是昨天。星期六他的店裡很忙，他們要賣很多網球拍。他也許是在昨天晚上打電話給你，是不是這樣？」他還在猶豫的時候，我說：「說啊，親口告訴我說這不重要。」

「是不重要。再說，這也不關你的事，史卡德先生。」

「昨天凌晨一點三十分左右，我被一通第二任愛丁格太太打來的電話吵醒。她也在大約那個時候打電話給你嗎？」

「我不知道你在說什麼？」

「她的聲音很獨特。前天我打電話去愛丁格家裡時聽過她的聲音，她告訴我說他在希克斯維拉的店裡。她昨晚打電話來叫我讓死人安息。看來這好像也是你想要的。」

「是的，」他說，「這就是我想要的。」

我從他的桌上拿起一個紙鎮。上面有一片一吋長的銅製標籤，說明這是一塊來自亞利桑那沙漠的木頭化石。

「我可以了解凱倫·愛丁格怕些什麼。她的丈夫可能會變成殺人凶手，而這可能真的會把她的世界搞得亂七八糟。但以她做為一個女人的立場，可以想像她應該多少會想知道真相。從今以後，她要與一個有殺害其第一任太太嫌疑的丈夫生活在一起，她真的會感覺很自在嗎？然而，人在這方面是很可笑的，他們可以把心裡面的事推出去。不管曾經發生過什麼事，那都是好幾年前發生在布魯克林的事。更何況，那個女人已經死了，對嗎？人一搬家，生活也跟著改變，所以她沒有什麼好擔心的，不是嗎？」

他沒有說什麼。他那個紙鎮的底部有塊黑色的毛氈以避免刮傷桌面。我把它放回去，有毛氈的那一面朝下。

我說：「你不會擔心愛丁格或他太太的世界會變成什麼樣子。他們有點爭吵對你又有什麼影響呢？除非愛丁格有辦法對你施加壓力，但是我不認為是這個原因。我不認為你有那麼容易就範。」

「史卡德先生——」

「一定有其他原因，但是到底是什麼呢？不是錢，不是人身威脅。哦，該死，我知道是什麼了。」

他避開我的眼睛。

「她的名譽。你怕我會找到和她一起埋在墳墓裡的東西。愛丁格一定曾告訴你她有外遇。他告訴我她沒有，但我不認為他完全忠於事實。事實上，她看起來好像真的和一個男人在約會。也許還不只一個。那可能不合你品行端莊的胃口，但這不能改變她被謀殺的事實。她可能是被情人殺死的。她也可能是被她丈夫殺死的。這裡面有種種的可能性，但是你不願意去正視其中的任何一個，因為在這同時，全世界都會發現你的女兒並不純潔。」

一時之間，他都快要發脾氣了。然後，好像有什麼東西從他的眼睛裡傳達出來。「我恐怕得請你現在就離開，」他說，「我有幾通電話要打，十五分鐘後我還有一個約會。」

「我猜保險業週一比較忙。就好像週六的體育用品店一樣。」

「很抱歉讓你那麼不高興。也許你以後就會體認我的立場，但是——」

「哦，我體認你的立場，」我說，「你的女兒無緣無故的被一個瘋子殺死了，你就調整自己去適應那個事實。後來，又有一個新的事實出現要你去適應和調整，這個新的事實意味著你領悟到可能有人為了某個理由殺了你的女兒，而那個理由竟然是個好理由。」我甩甩我的頭，為自己講得太多而不耐煩。「我來這裡是為了要來拿一張你女兒的照片，」我說，「我不認為你會正好帶在身上。」

「你要照片做什麼？」

「我前幾天沒告訴你嗎？」

「但是你現在不用再辦這個案子了，」他說。就好像他在對一個心智遲緩的小孩解釋事情一樣。「我不期望把錢拿回來，但我要你中止你的調查工作。」

「你要炒我魷魚。」

「如果你喜歡這麼說的話。」

「但是你從一開始就沒有僱用我。所以你如何能炒我魷魚？」

「史卡德先生——」

「當你打開一個滿滿都是蟲的罐子之後，你以為能把它們塞回去？很多事情都已經開始出現變化了，我想看看它們會演變成什麼樣子。我現在不想停下來。」

他臉上有一種奇怪的表情，好像他有一點怕我。也許是因為我提高了音量或是看起來有點恐嚇的味道。

「放輕鬆，」我告訴他，「我不會去打擾死人。死人是不會被打擾的。你有權利要求我放掉這個案子，而我也有權利告訴你去他媽的。我是一位正在進行一個非正式調查工作的普通市民。假如有你的幫忙，我會做得比較有效率。但是如果沒有你的幫忙，我照樣做得下去。」

「我希望你不要再調查了。」

「我希望你支持我繼續調查。希望什麼的，不過是不切實際的廢話，對你對我都一樣。我很抱歉事情的發展不像你所期望的。我本來想告訴你案子可能已經有點眉目了。但我猜你已經不想聽了。」

8

下樓時，電梯幾乎每一樓都停。我走到街上。天氣仍舊陰鬱而且比我記憶中的還要冷。我走過一個半街區才找到一家酒吧。我很快的喝完一杯雙份波本然後離開。我再往前走過幾個街區，又在另一家酒吧停下來喝了一杯。

我發現了一個地下道，先走向通往住宅區的月台，隨後又改變心意去等開往布魯克林的火車。我在傑街下車，從這條街往上走，再從那條街往下走，最後走到波朗坡區。我在一家位於修莫虹街的聖靈降臨教堂停下來。布告欄上有許多用西班牙文寫的告示。我在那裡坐了幾分鐘，希望全部的事情能在心中自行整理平靜下來，但是做不到。我的思緒不斷的圍繞著死亡事件跳來跳去——死去的狗，死去的婚姻，一個在廚房裡死去的女人，一條死掉的線索。

一個禿頭的人，穿了一件褐紅色的襯衫，外面罩著無袖的毛衣。他用西班牙文問我一些問題，我猜他是想知道能不能幫我忙。我站起來，離開教堂。

我在附近走了一會兒。我覺得實在很奇怪，我居然覺得我現在比芭芭拉的父親炒我魷魚前更加有決心要找出殺死芭芭拉・愛丁格的凶手。這原本就一直是一個沒有指望的追尋，現在失去了委託人的合作，事情是更加沒指望了。但是，我似乎信了自己告訴他的那套、關於事情已經起了變化的那番話。死去的人是一點都不會被打擾的，但是我一定會對還活著的人造成困擾，而且我感覺到這個案子會有名堂的。

我想到可憐的斑德・史奈曲，牠總是喜歡玩撿木棍的遊戲或者去散步。牠會拿牠的玩具來給你，表示牠很想玩。如果你站起來，牠就會把玩具丟在你腳下，但是如果你想搶走牠的玩具，牠會把玩具緊緊咬住不放。

也許這一點我是跟牠學的。

8

我走到威考福街的那棟大樓。我按了唐納・基爾曼和羅飛・華高納的門鈴。他們不在家。茱蒂・費爾鮑也不在。我走過去到珍以前和——他叫什麼名字來著？愛德華或艾迪，住過的地方。

我在一家酒吧停下來喝一杯。一杯單份純波本酒，不是雙份的。我只是為了一個目的，持續喝酒可以抵抗寒冷的天氣。

我決定去看路易士・品奈爾。就只為了一件事，我要問他是否每一次殺人都使用不同的冰錐。

驗屍報告對這方面完全沒有提及。那時候的法醫學也許還沒有如此高度發展。

我想知道他是在哪裡取得冰錐的。冰錐對我而言，是一個十分過時的工具。除了謀殺，你還會拿它來做什麼？現在一般人都不用大冰庫了，也不需要請送冰的人送大冰磚到家裡來。現在大家都自行在製冰盒裡放水做冰塊，或是在冰箱裡裝一個可以自動生產冰塊的小裝置。西歐樹區家裡的冰箱就有一個自動製冰器。

你在哪裡可以買到冰錐呢？一支要多少錢？我突然滿腦子都是冰錐的問題。我在附近繞，找到一家廉價商店，我問一位家用部門的店員在哪裡可以找到冰錐。她叫我到五金部門去，到了那裡另一位店員告訴我說他們沒有賣冰錐。

「我想冰錐已經過時了。」我說。

她連答都懶得答應我一聲。我又到附近再多繞一會兒，在一家出售五金和廚房用品的店門口停下來。櫃檯後面那個傢伙穿了一件開襟長袖的駱駝毛毛衣，嘴裡嚼著一段短短的雪茄。我問他有沒有賣冰錐，他一言不發的轉過身去，拿了一支釘在紙板上的冰錐回來。

「九十八分，」他說，「加稅總共一元六分。」

我不是真的要買冰錐。我只是想知道價格，還有它容不容易取得。我還是付了錢。在外面一個鋼製的垃圾桶旁，我把棕色的紙袋子和那片厚紙板都扔了，查看著這支我買來的冰錐。錐刃有四到五吋長，錐頭很尖。把手是一塊黑色圓筒狀的木頭。我兩手輪流握來握去，然後把它放在口袋裡。

我走回店裡去。剛才賣東西給我的那個人正在看雜誌，他抬頭看著我。

「我剛向你買了一支冰錐。」我說。

「有什麼問題嗎？」

「它很好。你賣掉很多冰錐嗎？」

「一些吧。」

「多少？」

「我沒做記錄，」他說，「偶爾賣出去一兩支。」

「一般人買這個做什麼？」

他用一種警戒的眼光著我，只有在別人懷疑你神志不清時，才會用那種眼光看你。「不管他們拿來做什麼，」他說，「我認為他們除了不會拿冰錐去剔牙外，他們做什麼都可以。」

「你在這裡很久了嗎？」

「什麼意思？」

「你開這家店很久了嗎？」

「有夠久了。」

我點點頭，離開。我沒有問他九年前誰向他買過冰錐。假如我這樣做，他就不會是唯一懷疑我神志不清的人。不過，如果在芭芭拉·愛丁格死後不久就有人來問他或布魯克林這一帶其他的五金行或五金經銷商這個問題，而又如果他們可以給這些人看幾張適當的照片，也許他們那時候就可以找出殺死芭芭拉的凶手了。

沒有理由這麼做。沒理由產生其他的懷疑，看起來就像是冰錐大盜又添了一項記錄。

我在附近繞著走，我的手抓著口袋裡那支冰錐的底座。方便的小東西。你可以用它來砍人，用它來戳人，但是對某些人而言，還是可以用它來做好多事情。

帶這個東西在身上合法嗎？依照法律上的分類來說，它不屬於致命武器，但它是一種危險的工具。致命武器指的是裝有子彈的槍，彈簧刀，折疊刀，短匕首，警棍，黑皮短棍和銅鉤爪這些沒有其他功用而且僅具謀殺攻擊性的東西。雖然賣冰錐的不願意透露，但冰錐確實具有其他用途。雖然如此，這也不代表帶冰錐在身上是合法的。像印第安彎刀，以法律的眼光來看，是危險工具，不是致命武器，但帶著這種東西在紐約街道上走來走去仍舊不被允許。

我把它從口袋裡拿出來看了好幾次。在路上某一個地方，我透過鐵柵欄空隙把它丟進排水溝裡。

用來殺芭芭拉．愛丁格的冰錐是不是也被用同樣的方法掩滅掉了呢？有可能。它甚至有可能就被丟進同一個排水溝鐵柵欄裡。任何事情都有可能。

風不但沒變小，反而還愈吹愈大。我停下來又喝了一杯。

8

我完全忘了時間。當我想到看手錶時，已經三點三十五分了。我應該在四點鐘去和琳恩·倫敦見面的。我不知道用什麼方法才能準時到達。但是，她在喬爾西區，應該不需要很長的時間……後來我想通了。我有什麼好擔心的？我何必拚了命去趕赴一個她很可能會爽約的約會？因為她的父親可能在今天一大早或昨天深夜和她聯絡過了，她已經知道現在倫敦家族的政策已經改變了。馬修·史卡德已經不再代表倫敦家族的最佳利益。這個人為了他自己的理由堅持要做愚蠢的事情，也許他有權利這麼做，但是他不能指望查里士·倫敦和他在學校任教的女兒繼續跟他合作。

「你說什麼？」

我抬頭往上看，看見酒保熱誠的棕色眼睛。「自言自語罷了。」我說。

「這也沒什麼不對勁的。」

我喜歡他的態度。「再給我一杯，」我說，「給你自己也弄點東西喝，我請客。」

8

我從布魯克林打了兩次電話給珍，兩次她都忙線中。我回到曼哈頓，在阿姆斯壯又打了一次電話給她，還是忙線中。我喝完一杯摻有波本的咖啡，試著再打一次電話給她，結果仍舊是忙線中。

我請接線生檢查線路。她告訴我話筒沒有掛好。其實，就算你把話筒拿起來，他們還是有辦法讓電話鈴聲響，我本來想假裝是警察，讓她幫我這個忙，但是最後還是決定作罷。

我沒有權利打擾這個女人。也許她已經睡了。也許她有朋友在。

也許有個男人在那裡，或者是一個女人。這都不關我的事。

吃了一些東西下肚，胃裡面好像有塊熱煤似的熾熱。我又喝了一杯摻有波本的咖啡把它澆熄。夜晚飛快的過去。我並沒有真的很注意。我的心漂浮不定。

我有很多事情要想。

我突然發現自己拿起電話撥了琳恩．倫敦的電話號碼。沒有人接聽。沒錯，她告訴過我她有音樂會的票。而我自己也不記得到底為什麼還要打電話給她。我已經料定她那裡沒搞頭了。這也是我為什麼不去赴約的原因。

倒也不是說她會突然冒出來；更凸顯我站在那兒的一副蠢樣。

我又打了一次電話給珍。仍舊忙線中。

我想到她那裡去。搭計程車不用太久。但是去做什麼呢？一個女人不會因為希望你去敲她的門而把電話拿起來。

去她媽的。

8

回到酒吧裡，有人在談第一大道砍殺狂的事。我猜他仍舊逍遙法外。一個還活著的受害人曾經形容過那個人在亮出武器攻擊你以前是用什麼方法先試著與你交談的。

我想到我先前讀過一個關於搶匪問路和問時間的小專欄。我心想，不可以和陌生人交談。

「今晚這兒的麻煩就出在這兒，」我說，「太多陌生人了。」

有幾個人看著我。隔著吧台，比利問我是不是還好。

「我很好，」我向他保證。「只是今天晚上人太多了。簡直無法呼吸。」

「也許這是個適合早點上床的美好夜晚。」

「你說得對。」

但是我不想上床，只想他媽的離開那裡。我走到街角處的麥高文，很快的喝了一杯。這地方死氣沉沉的，所以我沒待著。我到對街的寶莉酒吧，那裡的自動點唱機弄得我開始神經緊張時，我就離開了。

外面的空氣繃得很緊。今天我已經喝了一整天了，而這空氣他媽的好像又灌了我一堆酒一樣，但是我想我可以應付得很好。不會對我有什麼影響的。我完全清醒，神智清楚，頭腦也清楚。離我能睡得著的時間還有幾小時。

我繞著街區轉，在第八大道圍牆上的一個洞口前停了一下，然後又在喬依法利停下來。我覺得靜不下來而且殺氣騰騰，酒保不知道說了什麼惹怒了我，我就走出來了。我不記得他到底說了什麼。

然後我又繼續走。我在第九大道從阿姆斯壯那兒過街，往南走，空氣中好像有什麼東西似的使我提高了警覺。就在我覺得奇怪時，一個年輕人從我前面十碼的一個門口走出來。

他的一隻手上拿著香菸。當我走近時，他故意走到我前進的路上來，向我借火柴。

那些王八蛋就是這麼做的。其中的一個人先把你攔下來，衡量一下你的身材。另外一個人則溜到你背後，用前手臂壓住你的氣管，再拿一把刀架在你脖子上。

我不抽菸，但我的口袋裡通常都放著一盒火柴。我彎起手指擦火柴。他把菸塞進兩片嘴唇中間，身體往前靠過來。我把燃燒的火柴彈到他臉上，走上前去，抓住他使勁一推，把他跌跌撞撞地推到他後面的磚牆上。

我轉過身來，準備應付他的同夥。

我身後沒有半個人。什麼都沒有，就只有一條空空蕩蕩的街道。

這樣就比較簡單了。我轉過來面對著他，他張著嘴，睜大眼睛，離開那面牆。他和我一樣高，但體格比我單薄，十幾二十出頭歲，一頭蓬亂的黑色頭髮，一張臉在街燈下看起來慘自如紙。

我很快的走過去毆打他的肚子。他向我揮拳，我往旁邊一站閃過他的拳頭，然後再一拳打在他腰帶扣環上一到兩吋的部位。這一拳打得他雙手垂下來，我揮起右手臂成弧形，用手肘撞他的嘴巴。他兩手摀著嘴往後退。

我說：「轉過去，抓著那片牆！快點，你這王八蛋。把手放在牆上！」

他說我瘋了，他什麼都沒有做。透過摀在嘴巴上的手，他說話的聲音很悶。

但是，他還是轉過身去抓著牆。

我走近他，鉤著一隻腳伸到他身體的前方，把他的腳往後拉，如此一來他就沒有辦法輕易離開那面牆。

「我什麼都沒做，」他說，「你是怎麼搞的？」

我告訴他把頭頂在牆上。

「我只是向你要一根火柴。」

我叫他閉嘴，然後開始搜他的身。他站著不敢動，有一點點血從他的嘴角滴下來。沒什麼嚴重的。他穿著一件那種有軟毛領子，胸前兩個大口袋的皮夾克。我想一般人都稱之為轟炸機夾克。夾克左邊的口袋裡有一疊衛生紙和一包雲絲頓淡菸。另一個口袋裡有一把刀。我將手腕輕輕一挑，刀刃就亮出來了。

是一把折疊刀，七種致命武器之一。

「我只是帶著它。」他說。

「做什麼用？」

「防衛。」

「防誰？小老太婆？」

我從他臀部拿出一只皮夾。裡面有張身分證，他的名字叫安東尼．斯風札克，他住在皇后區的伍德賽。我說：「你大老遠的跑來這裡，東尼。」

「那又如何？」

他的皮夾裡放了兩張十元和一些零錢。長褲的口袋裡有好厚一疊用橡皮筋捆起來的鈔票。在他皮夾克下面那件襯衫胸前的口袋裡，我發現了一個拋棄式的丁烷打火機。

「沒油了。」他說。

我輕輕一按。火燄往上跳，我拿給他看。熱氣升上來，他把頭扭向一邊去。我放開大姆指，火苗就消失了。

「油用完了。打不亮。」

「那你幹嘛還帶在身上？為什麼不把它給丟了？」

「隨便扔掉是違法的。」

「轉過來。」

他慢慢的離開那面牆，雙眼保持警戒，一小段血由嘴角流到下巴。他嘴巴被我用手肘打到的地方已經腫起來了。

他不會因為這一點傷死掉的。

我把皮夾和打火機還給他，將那疊鈔票塞進自己的口袋裡。

「那些錢是我的。」他說。

「你偷來的。」

「我才沒有！你現在打算怎樣？留著自己用？」

「你想怎樣？」我挑開那把刀子拿手上，讓光線照著刀鋒閃閃發光。「你最好以後不要再在這一帶出現，還有你最好不要在全紐約市有一半警察都在捉拿第一大道砍殺狂的時候帶把刀在身上。」

他瞪著我。他的眼神告訴我，他希望我手裡沒有拿著一把刀。我們互相盯著看，我把刀子收起來，丟到我身後的地板上。

「動手吧，」我說，「請。」

我站穩雙腳，等著他。一時之間，他好像有點心動，我則真的希望他採取行動。我覺得血脈奔騰，直衝太陽穴。

他說：「你瘋了，你知道嗎？你真的是瘋了。」他側著身體退了十碼到二十碼，然後小跑步到街角盡頭。

我站著不動直到看不見他。

街道仍舊是空的。我在人行道上找到那把折疊刀。對街，阿姆斯壯的門打開了，一對年輕男女走出來。手牽手，沿著街道往下走。

我感覺很好。我沒有喝醉。我喝了一整天的酒，居然還能撂倒流氓。我的直覺本能還很好，反射能力一點兒也沒有變慢。酒對我沒有影響。這只能算是補給燃料，讓油箱永遠保持滿滿的。這沒什麼不對。

12

我突然醒過來。沒有經過慢慢甦醒的過渡期。就好像打開電晶體收音機一樣突然。

我在旅館的床上。頭枕著枕頭，身體直接在床罩上。我穿著內衣褲睡覺，把衣服堆放在椅子上。我的嘴巴乾乾澀澀的，有一種污穢的感覺，並且感到頭痛欲裂。

我起床。覺得身體搖搖晃晃的十分難受，空氣中有一種毀滅迫近的感覺，好像我一回頭就會看到死神的眼睛。

我不想喝酒，但我知道我必須喝一杯來緩和一下這些感覺。我到處找不到那瓶波本酒，最後才在垃圾桶裡看到它。很顯然的，我昨天上床前把它喝光了。我懷疑昨天瓶子裡到底還剩下多少酒。

無所謂了。反正現在已經是空的了。

我伸出一隻手來仔細看。沒有明顯的顫抖。我彎曲著手指頭，也許不像直布羅陀那麼穩定，但絕不是顫抖。

然而，我心裡顫抖。

我不記得是怎麼回旅館的。我小心翼翼的探測自己的記憶，但我只能想到那個男孩沿街倉皇而逃，一直跑到街角。他的名字是安東尼・斯風札克。

看到沒有？我的記憶沒有問題。

只不過它在某一點上跑出去了。也許是在那對年輕男女從阿姆斯壯出來，手牽著手走到街上後不久。在這以後的記憶全部空白，跳過這段空白後即集中焦點在我身上，在我旅館的房間裡。錶還戴在我的手腕上。九點十五分。窗戶外面有光線，所以現在是上午。我並不真的那麼需要看手錶才能確定時間。我並沒有失去整整一天，我只失去了走過半個街區回家和上床這一段時間而已。

就假設我是直接回家的吧。

我脫下內衣去淋浴。在我沖水時，我聽到電話鈴聲在響。我任由它去響。我沖了很長一段時間的熱水，然後在我可以忍受的程度下又沖了一陣冷水，時間不很長。我用毛巾擦乾身體並且刮了鬍子。我的手不像過去那麼穩，但我慢慢來而且沒有刮傷自己。我不喜歡自己在鏡子裡面的模樣。眼睛很紅。我想到哈佛梅爾對蘇珊・波多斯基的形容，她的眼睛滿是血浮蕩著。我不喜歡我的紅眼睛，還有顴骨及鼻梁上破裂血管織成的網。

我知道它們是怎麼來的。喝酒的關係。沒別的原因。我可以不去想喝酒對肝臟的影響，因為肝臟藏在身體裡面，我不會每天早上看到它。

再說別人也看不到我的肝臟。

我穿好衣服，穿上全部乾淨的衣服，將那些髒衣服塞進送洗衣物袋裡。淋浴和刮鬍子對我有幫助，乾淨的衣服對我也有幫助，然而儘管有這三樣東西，我還是感覺到良心的呵責像是件披風一樣壓在我的肩膀上。我不要一直注視著前一個夜晚，因為我知道自己不會喜歡在那裡所看到的東西。

但是，我能有什麼選擇呢？

我把那一疊鈔票放進一個口袋裡，那把折疊刀放進另一個口袋裡。我下樓走出旅館，經過櫃檯時，我大步不停的走過去。我知道櫃檯有給我的留言，但我想他們會幫我保留的。

8

我原本打定主意不去麥高文酒吧。但走到那裡時，我還是轉了進去。我很快的喝了一杯，將這些看不出來的顫抖平靜下來。我把它當藥喝下去。

我坐在街角聖保羅教堂後排的座位上。經過了一段好像很長的時間，我什麼都沒想。我只是坐在那裡。

然後，思潮湧出。無法停止，真的。

我昨晚喝醉了，連自己都不知道自己喝醉了。我可能昨天一大早就已經喝醉了。在布魯克林的一些片段，有的我已經記不清楚了，而且我好像也對搭地下鐵回曼哈頓這一段沒有記憶。

我不能確定我是不是搭地下鐵。我可能是搭計程車。

我記得在布魯克林一家酒吧裡，我自言自語。我那時一定已經喝醉了。我清醒時是不會自言自語的。

無論如何，至少現在還不會。

好吧，就算我這樣也是能過日子。我他媽的喝太多了，而且如果你經常如此，那麼你就常常會在自己都不想喝的情況下喝醉。這已經不是第一次了，而我也不認為這會是最後一次。它已經占有一席之地了。

但是，我在第九大道扮演警察英雄時，我一定已經喝醉了，為了給自己補充高純度的燃料，我一定已經喝得爛醉了。當時警告我有人要搶劫的機警本能，到了今天早上已經不再那麼讓我引以為傲了。

也許他真的只是要借個火。

這種想法讓我自己覺得噁心，我嘗到了在喉嚨底部的膽汁。也許他只是一個從伍德賽跑到城裡來過一夜的小孩子。也許只有在我的幻想中，喝醉後的幻想中，他才是搶匪。我可能毫無理由的打他又搶了他。

可是他自己有打火機可以用，卻又開口要借火柴。

所以？他是要利用香菸來打破最初的沉默。開口要借火，走上來搭訕。他可能是一名牛郎。他也不是第一個穿轟炸機夾克的同性戀了。

他身上帶著折疊刀。

這又如何？搜遍全市，你就可以蓋一個軍火庫。城市裡一半的人身上都帶著些行頭來保護自己以免受另一半人的攻擊。那把刀是致命武器，而他違反法令帶在身上，但這也不能證明任何事情。

他知道如何抓住牆壁。他不是第一次被搜身。

但這還是不能證明任何事。有些地區長大的小孩，至少一個禮拜被警察攔下來盤問一次。

至於那些錢，那一疊的紙鈔呢？

他可能老老實實靠自己賺到這筆錢的，或者他用盡各種不老實的手段賺來的，但他仍然不是個搶匪。

那麼，我那傲人的警察直覺呢？該死，他從門口走出來的那一剎那，我就知道他要走過來和我說話。

最好是。我不也知道他的同夥會走到我身後，就如同我腦袋瓜長了眼睛一樣。只不過沒有人在那裡。我那神準的直覺也不過爾爾。

我拿出折疊刀，打開它。假使我從昨晚就帶著它。更實際一點，假使我也還帶著在波朗坡區買的那支冰錐。我會僅止於打他幾拳，揍他幾下嗎？？還是我會好好利用手邊的工具呢？

我覺得身體搖搖晃晃的，比宿醉還要厲害。

我把刀子扣好收起來。再把那疊鈔票拿出來，拿掉橡皮筋，開始算錢。都是五元和十元的鈔票，總共是一百七十元。

假如他是搶匪，他為何不把刀拿在手上？幹嘛要把刀刃折疊起來放在口袋裡？刀刃是扣起來的嗎？

不管他了。我把錢分好和自己的錢放在一起。走出來時，我點了兩根蠟燭，放了十七元在救濟箱裡。

在五十七街的街角，我將那把折疊刀丟進排水溝裡。

13

我的計程車司機是以色列來的移民，我想他從來沒有聽說過萊可斯島，我告訴他先沿著去拉瓜迪亞機場的指示牌走。等我們接近的時候，我再告訴他方向。我在橫跨寶華利灣和東河海峽橋下的一家速簡餐廳下車。東河海峽將萊可斯島與皇后區的其餘地方分隔開來。

午餐時間過了，餐廳裡幾乎沒有人。只剩下坐在角落裡幾個穿工作服的人，還有一個坐在中間雅座裡喝咖啡的男人，他抬起頭用期待的眼光看著我。我向他介紹我自己，他則說他是馬文·希勒。

「我的車在外面，」他說，「還是你要先喝一杯咖啡？現在唯一的問題是我趕時間。我一整個早上都在皇后區刑事法庭，而且我必須在四十五分鐘內到我的牙醫師那裡去。我怕是要遲到了。」

我告訴他我不用喝咖啡。於是他付完帳和我一起走出餐廳到外面搭他的車過橋。他人很隨和又熱心，比我小幾歲。外表長相正如其職業，是艾姆赫斯特皇后大道上的開業律師。他的當事人之一就是路易士·品奈爾，我相信他對給付馬文·希勒的辦公室租金沒有什麼幫助。

我從法蘭克·費茲羅伊那兒打聽到他的姓名，然後我請他的祕書呼叫他打電話到旅館給我。我原以為他對我想見品奈爾一面的要求會直截了當的拒絕，結果正好相反。「如果只是這件事的話，我想沒有問題，」他說，「你何不先和我碰頭，然後我們再一起開車過去。這樣的話，你也許可以從他那裡知道更多東西。讓他和他的律師談，他會比較輕鬆。」

現在他說：「我不知道你能從他那裡問出什麼。我想你只是要確定他有沒有殺死芭芭拉．愛丁格。」

「我想是的。」

「我想這件案子他是清白的。證據十分清楚。否則，他所說的話，我看是不足採信。誰知道他們還記得些什麼，一個人瘋成像他這個樣子，有什麼事他捏造不出來？」

「他真是個瘋子嗎？」

「他是隻臭蟲，」希勒說，「毫無疑問。等你見到他你就知道了。我是他的律師，但我偷偷跟你說，我這份工作，是為了確保他永遠被栓得牢牢的。幸好這個案子是由我來辦。」

「怎麼說？」

「因為要是真有哪個人發了瘋想幫他脫罪，也不會難到哪裡去。我是打算替他辯護，但是如果我真的跟州政府幹起來，案子也不會成立。他們有的只是他的自白，而你有一打以上的方法推翻它，包括說他自首時神志不清。他們沒有證據，經過這九年找不到了。當然有些律師認為辯護制度就是為像路易士．品奈爾這種傢伙效命，把他放回街上去。」

「他會再犯的。」

「當然，他會再犯的。他們逮到他的時候，他身上就帶了把冰錐。再偷偷跟你說，我認為抱持這種態度的律師，應該和他的當事人一起關在監牢裡。偏偏此時此刻呢，我就正在這裡扮演上帝。你要問路易士什麼？」

「在布魯克林的另一件命案。我想問他關於這件命案的幾個問題。」

「羊頭灣，這件命案他招認了。」

「沒錯。我不知道還要問他什麼。我也許只是在浪費自己的時間。還有你的時間。」

「不要擔心這個問題。」

三四十分鐘後，我們在開車回陸地的路上，我再一次向他致歉，我浪費了他的時間。

「你幫了我一個忙，」他說，「我現在得要和牙醫另外約時間了。你沒有在做牙周病外科治療吧？」

「沒有。」

「你很英明。這位牙醫是我太太的表兄弟，他做得相當好，但是，他們做的工作就是切開你的牙齦。一次只做一部分。我上次做完後，每四個小時吃一次可待因止痛劑，整整吃了一個禮拜。我好像走進了五里霧一般。我想，長期來說，治療是值得的，但請你不用覺得你耽誤了我的時間，使我不能去做什麼有趣的事。」

「算你說得有道理。」

我告訴他可以在任何地方讓我下車，但他堅持送我去北大道的地下鐵車站。在路上，我們談了一下品奈爾的事。「你可以了解為什麼他們在街上把他抓起來的原因了，」他說，「從他的眼睛裡就可以看出他的瘋狂。一眼就能看出來。」

「街上的瘋子有一堆。」

「但他是危險型的瘋子，而且從外表就可以看得出來。可是，在他面前我從來都不緊張。當然，我不是個女人，而且他身上也沒有冰錐。這可能也有關係。」

在地下道入口，我下車並且躊躇了一下。他用一隻手臂繞過車子椅背，向我這邊靠過來。我們兩個好像都不情願彼此離去。我喜歡他，而且也感覺到他對我也有好感。

「你沒有執照，」他說，「你是這樣說的嗎？」

「對。」

「你不去弄張執照嗎？」

「我不想要一張執照。」

「也許我還是可以丟一些案件給你辦，假如我碰到合適的案子。」

「你為什麼要這麼做？」

他笑著說：「我不知道。我喜歡你對路易士的態度。而且我感覺到你認為真相很重要。此外，我欠你一份情。你讓我不用在牙醫的椅子上坐那半個小時。」

「如果我需要律師的話……」

「對，你知道要打電話找誰。」

8

我剛好錯過了一班開往曼哈頓的地鐵。當我在高架月台上等另一班地鐵的時候，我設法找到了一部可以用的電話，我試著打給琳恩．倫敦。我打電話給希勒前問過櫃檯，他們那裡有一張琳恩．倫敦昨天晚上的留言，也許她想知道我為什麼昨天沒去赴約。我懷疑早上我淋浴時的那通電話也是她打的。不過，不管是誰打的，都沒有留話。櫃檯說是一個女人打來的，但我很了解不可以太相信他的記憶力。

琳恩的電話沒有人接。這並不奇怪。她可能還在學校，或在回家的路上。她有提到下午有什麼活動嗎？我記不得了。

我把銅板拿回來，動手把錢和筆記本收一收。我還有什麼電話需要打嗎？我翻翻筆記本，發現自己記了一大堆名字，電話，和住址，而我才只有這麼一點點進展而已。

凱倫．愛丁格？我要問問她到底在害怕些什麼。希勒剛才也告訴我覺得我重視真相。很明顯的，她卻認為真相應當隱藏起來。

查里士．倫敦？法蘭克．費茲羅伊？住上西城的前警察？他住下東城的前妻？

米姬．普門倫斯？珍．肯恩？

也許她的電話還沒有掛回去。

我把筆記本收起來，銅板也收起來。我該喝一杯了。我自從在麥高文酒吧喝了那杯醒眼酒後，到現在滴酒未沾。我還在那裡吃了一頓早午餐，而且喝了幾杯咖啡，就這些。

我往月台後面的矮牆看過去。眼睛盯著一家酒館窗戶上的霓虹燈。我剛剛錯過一班地鐵，我大可去快快喝一杯，還有很充分的時間回來等下一班。但是我在長凳上坐下來，等著我的電車。

我換了兩次車，最後到了哥倫布圓環。我走在街上時，天空漸漸變暗了，一種特殊的天藍色籠罩著整個紐約市。旅館裡沒有我的留言。我在大廳打電話給琳恩・倫敦。

這次找到她了。「神龍見首不見尾的史卡德，」她說，「你放我鴿子。」

「很抱歉。」

「我昨天下午等你來。我沒等多久，因為我的時間不多。我想一定臨時有事發生，但是，你也沒有打電話過來。」

我記得我是如何想要準時赴約，又是如何決定放棄的。酒精替我做了決定。外面天氣太冷了，而我那時候在溫暖的酒吧裡。

「我那時候剛和你父親談完話，」我說，「他要我放棄這個案子。我猜他一定和你聯絡過，叫你不要和我合作。」

「於是，你就決定把關於倫敦家的記憶都抹滅掉，是嗎？」聲音裡有消遣我的意味。「我，就如我所說的，在這裡等。然後才去赴我晚上的約會。等我回到家，我父親才打電話給我。他告訴我他已經命令你不要碰這個案子了，但你執意要辦下去。」

所以我應該去看她的。酒精做了決定，做了個很壞的決定。

「他叫我不要給你任何鼓勵。他說他犯了一個錯誤，他不應把過去的事挖出來想要從頭開始。」

「那你還打電話給我。還是你在和他談話以前打的？」

「一通在之前，一通在之後。我第一次打電話給你是因為我氣你放我鴿子。第二次是因為我氣我爸爸。」

「為什麼？」

「因為我不喜歡別人告訴我應該怎麼做。在這方面，我就是這麼奇怪。他說你向他要一張芭芭拉的照片。我猜他拒絕給你。你還要嗎？」

我還要嗎？我現在想不起來我原本計畫拿它來做什麼。也許我想拿到五金店附近，給每個賣冰錐的人看一看。

「是的，」我說，「我還是想要有一張。」

「我能提供的就這麼多了。我不知道我還能給你什麼。但唯一我不能給你的就是時間。電話鈴響時，我原本已經要出門了。我都已經穿上外套了。我要和朋友去吃晚餐，今天晚上我很忙。」

「忙團體治療。」

「你怎麼會知道？上一次我們談話時，我提到過嗎？你的記憶力很好。」

「有時候。」

「讓我想想看。明天晚上也不行。我想請你今天晚上團體治療結束後過來，但是到了那個時候，我通常都覺得自己好像已經被榨乾了一般。明天放學後要開教職員會議，會議結束後……你看，你能不能到學校來？」

「明天？」

「我下午一點到兩點有一段空檔。你知道我在哪裡教書嗎？」

「在格林威治一家私立學校。但我不知道哪一家。」

「狄旺賀斯特，聽起來很貴族的樣子，是不是？事實上，一點都不是。學校在東村，第二大道靠第十和第十一街之間，在街的東邊，比較靠第十一街。」

「我會找得到的。」

「我在四十一教室。還有，史卡德先生？我不想被放第二次鴿子。」

8

我走到阿姆斯壯平常我坐的那個角落，我吃了個漢堡和一點沙拉，然後喝了一些波本加咖啡。通常八點鐘酒保會換班，比利提早半個小時進來，我走向他。

「我猜我昨晚一定很糟糕。」我說。

「哦，你還好。」他說。

「昨天白天和夜晚時間都過得很慢。」

「你只是講話比較大聲，」他說，「只有這一點和平常的你不同。但是你還知道要離開這裡，早早回家睡覺。」

只不過我並沒有早早回家睡覺。

我回到我的位置上，又喝了一杯波本加咖啡。我快喝完的時候，最後剩餘的宿醉也不見了。我一大早就擺脫了頭疼的困擾，但是步履不穩的感覺則持續了一整天。

多偉大的系統：毒藥和解毒劑都同樣是這一瓶。

我走到電話那邊，丟了一個銅板下去。我差一點就撥了安妮塔的電話號碼。我坐在那裡私自忖度，究竟是為了什麼。我不想再談一隻死去的狗，然而那是近幾年來我們之間最有意義的一次談話。

我撥了珍的電話號碼。我的記事本還放在口袋裡，但我不需要拿出來看，好像電話號碼就在我手上一樣。

「是我，馬修，」我說，「我想知道你需不需要有人作伴。」

「哦。」

「除非你正在忙。」

「不，我不忙。事實上，我有點不舒服。我正好才安排妥當要在電視機前度過一個寧靜的夜晚。」

「好吧，如果你喜歡一個人……」

「我不是這個意思，」停了一下，「我不想太晚睡。」

「我也不想。」

「你還記得怎麼到這裡來嗎？」

「我記得。」

∞

一路上，我覺得自己像是個要去約會的小孩子。我依照暗號按門鈴，然後站到路邊磚道上，她再把鑰匙丟給我。我走進去，搭那個大電梯上樓。

她穿著裙子和毛衣，腳上是一雙麂皮拖鞋。我們站著看了彼此一會兒，然後我把我帶來的紙袋子交給她。她從袋子裡拿出兩瓶酒，一瓶提區爾牌的蘇格蘭威士忌，另一瓶是她喜歡的一種俄羅斯伏特加。

「給女主人的最佳禮物，」她說，「我以為你只喝波本。」

「我也覺得很奇怪，喝完蘇格蘭威士忌的隔天早晨，我頭腦很清醒，我想它好像比較不會讓我產生宿醉。」

她把酒瓶放下。「我今天晚上不打算喝酒。」她說。

「這酒可以放。伏特加不會變壞。」

「不打開喝就不會變壞。我替你倒點喝的。純的，對嗎？」

「對。」

我們一開始都很不自然。我們曾經很親密過，我們一起睡在床上度過一個夜晚，一點也不覺得生硬和笨拙。我開始談我正在辦的案子，一方面是我想找個人談談，另一方面是因為這是我們之間的共同話題。我告訴她我的當事人如何叫我退出這個案子，而我又是無論如何都要繼續辦下去。她看來並不覺得這件事有哪裡不對勁。

接著我談到品奈爾。

「他絕對沒殺芭芭拉·愛丁格，」我說，「而且他承認羊頭灣那件案子是他幹的。我對這些本來就不是真的很懷疑，但我要找出自己對這件事的感覺，我純粹是想要親自去看看他。我要對他這個人有點感覺。」

「他是怎樣的人呢？」

「很普通。他們向來都長得很普通。除非還有什麼我不知道的字眼可以用來更確切的形容他。」

總之品奈爾看起來毫不起眼。」

「我想我在報紙上看過他的照片。」

「從一張照片不能得到完全的印象。品奈爾是那種不引人注意的人。就像那種跑外送午餐或在戲院門口收門票的人。身材瘦小，態度鬼鬼祟祟，那副長相叫人過目即忘。」

「〈魔鬼的平凡〉。」

「什麼意思？」

她重複說了一遍。「是亞道夫・艾克曼的一首詩。」

「我不知道品奈爾是不是魔鬼。但他是個瘋子。從他的眼神就可以看出來。說到眼睛，這是我要問他的另一個問題。」

「什麼？」

「他是不是將全部被害人的眼睛都戳穿。他說他是。在把她們的身體當針墊插前，他一定先戳穿她們的兩隻眼睛。」

她不禁發起抖來。「為什麼？」

「這又是另一個我要問他的問題。為什麼是眼睛？結果他有一個完全符合邏輯的理由。為了不讓別人查出凶手是他。」

「我不明白你的意思。」

「他認為死人的眼睛會保留自己死前所看到的最後影像。如果掃瞄被害人的眼角膜，就可以取得謀殺者的照片。所以，他要摧毀她們的眼睛，以防止這種可能性。」

「老天。」

「有趣的是，他不是第一個持這種理論的人。在上一個世紀，就有一些犯罪學家相信品奈爾所說的事。他們認為這是時間問題，只等必要的科技發展出可以由視網膜取得影像的技術。誰又知道可不可能？醫生常常可以提供給你各種在生理學上為什麼永遠不可能的理由，但是看看那些一百年前或甚至二十年前被視為穿鑿附會的事情。」

「所以，品奈爾只是走在他這個時代的較尖端，不是嗎？」她站起來，拿我的空杯子到吧台去。她把杯子裝滿，也給自己倒了半杯伏特加。「我真的相信這叫人得喝一杯才行。『孩子，敬你最後一眼。』我最多只能這樣模仿亨佛萊．鮑嘉。要再更像一點，我乾脆用黏土捏還比較快。」

她坐下來說：「我今天本來打算什麼都不喝的，不過，管它去死。」

「我打算淺酌即止。」

她點點頭，眼睛看著她手中的杯子。「我很高興你打電話來，馬修。我以為你不會再打電話來了。」

「我昨晚就想聯絡你，但你的電話一直忙線中。」

「我把話筒拿起來了。」

「我知道。」

「你叫人檢查了嗎？我昨晚只是想拒絕外面的世界。一個人在這裡，把門鎖著，話筒拿起來，窗簾放下，我就覺得我真正安全了。你知道我的意思嗎？」

「應該吧。」

「你知道嗎，我星期日醒來時神志不清。那天晚上我喝醉了。而且昨天晚上我也喝醉了。」

「哦。」

「今天早上醒來，我吞了一顆藥丸才把發抖止住，我決定這一兩天不要再喝了。不要再搭雲霄飛車了，你知道嗎？」

「當然。」

「而我現在手裡卻拿著一杯酒。這豈不叫人大感驚訝嗎？」

「你應該告訴我一聲，珍。我就不會帶伏特加來。」

「沒什麼大不了的。」

「我也不會帶蘇格蘭威士忌來。我自己昨天晚上也喝過頭了。今天晚上我們兩個應該在一起都不喝酒的。」

「你真的這麼想嗎？」

「當然。」

她灰色的大眼睛看起來真是深邃不見底。她悲傷的凝視我好久，然後突然開朗起來。「現在想要測試假設能不能成立也已經太晚了，不是嗎？我們為何不好好利用我們眼前所擁有的呢？」

我們沒喝多少酒。她只喝了足夠的伏特加來趕上我，我們兩個都飄飄欲仙。她放了一些唱片，我們一起坐在沙發上聽，沒講太多話。接著我們開始在沙發上做愛，然後再到臥室裡去完成。

我們配合得很好，比禮拜六晚上還要好。好奇可以增添情趣，但情侶之間如果起了良好的化學作用，彼此的熟悉能提升做愛的魅力。我不再那麼專注自己，我可以感受她的感覺。

我們回到沙發上，我又開始談芭芭拉·愛丁格的謀殺案。「她被埋得該死的深，」我說，「不僅是好一段時間過去而已。九年當然是很長，但是也有很多人死在九年前，而你現在仍可以走過他們的生活，發現一切事物與他們活著的時候幾乎完全相同。鄰居還住在那裡，過著同樣的生活。

「但隨著芭芭拉的死，你們每個人的生活都經歷了很大的轉變。你關掉托兒所，離開了你丈夫，然後搬到這裡。你的丈夫帶著你們的小孩跑到加州去了。我是第一批到她命案現場的警察之一，天知道我的生活從那時候以來也弄得亂七八糟。調查羊頭灣那件案子的三個警察，兩個死了，一個離開警界和他太太，住在附帶家具的出租套房，在百貨公司裡當警衛。」

「至於道格・愛丁格則已經再婚，賣起了運動用品。」

我點點頭。「琳恩・倫敦結婚又離婚。威考福街一半的鄰居也都搬走了。好像地球上的風都忙著把土吹到她墳上。我知道美國人的生活總是變動個不停。我讀過一則報導，每年我們國家裡有百分之二十的人變更住所。即便如此，我還是覺得好像地球上的每一道風都忙著把土吹到她墳上去。要是想挖開這座墳，就跟挖特洛伊遺址一樣困難。」

「與死去的人深深埋葬。」

「怎麼說？」

「我不知道我記得的對不對。等一下。」她走過房間，在書櫃裡搜尋，抽出薄薄的一本書，一頁頁翻著看。「是狄倫・湯瑪士（譯註：Dylan Thomas（1914-1953），威爾斯詩人、作家）寫的，」她說，「在這本書裡面。該死的在哪裡？我確定在這本書裡面。在這裡。」

她唸道：

與最初死去的義士一同深埋在土裡的，名喚倫敦之女；

在故舊的懷抱中，

有那古老的塵埃，與其母的赭紅血管，

一同深潛於那形同槁木，無盡奔流的泰晤士河中；

在最初的義士死亡之後，便再無殤可慟。

「倫敦的女兒。」我說。

「因為是在倫敦市。但一定是倫敦這個字讓我想起它來。查里士·倫敦的女兒與死去的人一起深深埋葬。」

「再唸一遍。」

她又唸了一遍。

「一定有扇門在那裡，如果我找得到把手就能打開它。不是某個瘋子殺掉她的。一定是一個她認識的人為了某個原因把她給殺了。這個人故意把它布置得像是品奈爾的傑作。凶手就在附近。還沒有死，也沒有隱藏起來讓我們看不見。他就在附近。我不能舉出具體的理由，但我有一種揮之不去的感覺。」

「你覺得是道格嗎？」

「如果我不這麼認為，我必定是唯一不這麼認為的人。連他的太太都認為是他做的。她也許不知道自己是這麼想的，但除此之外，她還有什麼理由害怕我即將會找出來的結果呢？」

「但是你認為另有其人。」

「我認為自從她死後，有很多人的生活都徹底改變了。也許她的死和這些改變有關。至少與其中一些改變有關。」

「不管道格有沒有殺她，他的改變顯然與她的死有關。」

「也許她的死也影響了其他人的生活。」

「像丟入池塘裡的石頭？引起漣漪？」

「也許吧。我不知道發生了什麼事或者事情是怎麼發生的。我告訴你，這是一種預感，一種感覺。我不能指出任何具體的事實。」

「你警察的直覺，是不是？」

我笑了。她問我什麼事好笑。我說：「其實也沒什麼好笑的。我一整天都在懷疑我的警察直覺有沒有失靈。」

「怎麼說呢？」

因此，我終於又告訴她一堆我本來不打算講的事。從安妮塔的來電到身上帶著折疊刀的孩子。前兩天晚上，我發現她是一個很好的聽眾，而這一回她表現得不比上一次差。

我說完後，她說：「我不知道你為什麼要如此自責。你很有可能會被殺死的。」

「假如他真有搶劫的念頭。」

「不然你認為應該怎麼做，等他給你一刀？還有他為何要帶著一把刀呢？我不知道折疊刀長什麼樣子，但聽起來不像我們平常拿來割繩子的刀。」

「他帶刀在身上可能是為了保護自己。」

「還有那疊鈔票？我覺得聽起來好像他是那種在廁所內勾搭並且洗劫男同性戀的人，有時候還打他們或殺掉他們來證明自己有多厲害。然而你卻為了你讓一個小孩嘴唇流血而煩惱？」

我搖搖頭。「我是為我自己的判斷不周全而煩惱。」

「因為你喝醉了。」

「而且自己都不知道自己喝醉了。」

「你射殺那兩個持槍歹徒的晚上，是不是也判斷偏差呢？那個波多黎各的小女孩被槍殺的那個晚上？」

「你真是個十分精明的女人。」

「我是他媽的天才。」

「我想，這大概就是問題所在。但答案是沒有，沒有偏差。我那天晚上沒有喝很多，我不覺得喝很多。但是……」

「但是你聽到完全相同的回聲。」

「沒錯。」

「你不想正視它們，正如凱倫・愛丁格不想正視她丈夫可能謀殺他第一任太太的事實。」

「十分精明的女人。」

「再精明不過了。覺得好一點了嗎？」

「嗯。」

「談一談會有幫助的。但你把它藏在內心深處。連你自己都不知道它藏在哪裡。」她打了一個呵欠。「做一個精明的女人是很累的。」

「我相信。」

「要不要上床去睡了？」

「好。」

∞

但是，我沒有留下來過夜。原本我以為我會留下來的，但當她的呼吸聲顯示她已經睡著時，我還醒著。我翻來又覆去，很清楚自己還無法入睡。我下床，悄悄走到另一個房間。

穿好衣服後，站在窗邊向外看著利斯本納德街。還剩下很多蘇格蘭威士忌，但我不想喝。

我走出去。過了一個街區到堅尼路，設法叫了一部計程車，趕在阿姆斯壯關門前半小時到達，但我說去他媽的，然後直接回我旅館的房間。

我終於睡著了。

14

我睡得不沉並且做了一整個晚上的夢。狗兒斑弟出現在其中的一個夢中。牠並沒有真的死掉。牠的死是被捏造出來做為某些精心策畫騙局的環節，牠全都告訴我了，牠還告訴我牠一向都能說話，但牠不敢將這項才能表現出來。我覺得不可思議，「假如我早就知道這件事，我們就可以大聊特聊了！」

醒來以後，我覺得精神已經恢復，頭腦清醒，而且好餓。我在火焰餐廳一邊吃培根煎蛋和香煎薯塊，一邊看《新聞報》。他們已經抓到第一大道砍殺狂，或者說他們已經逮捕到一個人，並且說他就是砍殺狂。報上那張照片和警方早先公布的素描像得真是離譜。這種情形可不常發生。

維尼溜進雅座到我面前時，我正在喝我的第二杯咖啡。「有個女人在大廳裡。」他說。

「找我嗎？」

他點點頭，「年輕，不難看。服裝講究，頭髮漂亮。她給了我兩塊錢，叫我在你進門的時候指認你。我根本不知道你會不會回來，所以我想只好碰碰運氣，四處看看能不能找到你。我叫艾迪幫我看著櫃檯。你要回旅館嗎？」

「我還沒有這個打算。」

「你可以這麼辦，先看清楚她，然後給我做個暗號看要不要指認你。我很輕易就賺到這兩塊錢，但我可不想為了這兩塊錢走路。你知道我的意思吧？如果你想避開這位貴婦人……」

「你可以指認我，」我說，「不管她是誰。」

維尼回去了。我不慌不忙的喝完咖啡，看完報紙，然後走回旅館。我走進去的時候，維尼朝香菸販賣機旁的那張安樂椅暗示性的點點頭。事實上，不勞他費神，我無需任何協助一眼就可以認出是她。她看起來完全不屬於這個地方，穿戴得體，顏色協調，就像一位住在郊區的公爵夫人，走錯路到五十七街的這一頭來。如果她往東走幾個街區，她可能會有意想不到的收穫，到藝廊裡逛逛，找找看有沒有適合她家裡磨菇色調窗簾的版畫。

我得讓維尼賺這筆錢，我漫步走過她，站著等電梯。她喊我名字時，電梯的門正好打開。

我說：「你好，愛丁格太太。」

「你怎麼……」

「在你先生的書桌上看過你的照片。而且，雖然我只在電話裡聽過你的聲音，但我應該認得出來。」一頭金髮比道格拉斯．愛丁格相框中那張照片還要長一些，而且她本人的鼻音比較輕。但我不會認錯人。「我曾經聽過你的聲音幾次，一次是我打給你，一次是你打給我，接下來又一次是我回你電話。」

「我也認為應該是你，」她說，「電話鈴響時，我嚇了一跳，而且你又不出聲。」

「我只是要確認一下。」

「那以後我也曾打電話給你。我昨天就打了兩次。」

「我沒拿到你的留言。」

「我沒有留話。我不知道聯絡上你後要說些什麼。我們可不可以找個比較隱密的地方談一談？」

我帶她到外面去喝杯咖啡，不是火焰餐廳，是位於下個街區一處類似的地方。我們走出去的時候，維尼暗中對我眨了眼睛並露出狡滑的微笑。我懷疑愛丁格太太到底給了他多少錢。不過，我可以確定一定比她準備要給我的少。咖啡才端上來，她就把皮包放在桌上，並且意味深長的拍了一下。

「這裡面有個信封，」她說，「信封裡面有五千元。」

「在這個城市裡帶著五千元的現金是很危險的。」

「也許你會願意幫我帶著它。」她注視著我的臉，看我毫無反應，她把身體往前靠，刻意將聲音壓低。「這些錢是給你的，史卡德先生。就照倫敦先生吩咐的去做。放棄這個案子。」

「愛丁格太太，你在害怕什麼呢？」

「我只是不希望你再來干擾我們的生活。」

「你認為我會查到什麼呢？」她的手緊抓著皮包，好像要在那五千元所能產生的力量中尋求安全感，她的指甲擦著鐵鏽色的指甲油。我溫和的對她說：「你認為你丈夫殺了他的第一任太太？」

「沒有！」

「那你到底在害怕什麼？」

「我不知道。」

「你是在什麼時候認識你先生的，愛丁格太太。」

她看著我的眼睛，沒有回答我。

「在他太太被殺之前嗎？」她用手指頭搓揉著她的皮包。「他在長島上大學。你年紀比他小，不過你可能那時候就認識他了。」

「他認識她以前，我們就認識了。」她說，「在他們結婚之前很久。在她死後，我們很偶然又碰在一起。」

「你怕我把這件事查出來？」

「我……」

「在她去世以前，你就已經在和他約會了，是不是？」

「你無法證明這件事。」

「為什麼我必須證明？我幹嘛要去證明這件事？」

她打開皮包。雖然她抓著皮包釦子的手指頭很笨拙，但她還是將皮包打開，拿出一個牛皮紙製的銀行信封。「這是五千塊錢。」她說。

「收起來。」

「不夠嗎？這是一大筆錢。拿五千元請你什麼事都不要做應該不算少了吧？」

「是太多了。你又沒有殺她，愛丁格太太，難道你有嗎？」

「我？」她沒有辦法抓住這個問題的重點。「我？當然沒有。」

「但她死的時候你很高興。」

「太可怕了，」她說，「不要這麼說。」

「你和愛丁格先生有外遇，你想嫁給他，正巧那時候她被殺了。你怎能不感到高興呢？」

她的眼光越過我的肩膀，茫茫然注視著遠方，她的聲音如同她凝視的眼光一樣遙遠。她說：

「我不知道那時候她已經懷孕了。他說，他說他也不知道。他告訴我他們不睡在一起。我的意思是性生活。當然，他們睡在一起，睡同一張床，但他說他們沒有性生活。我相信他。」

一個女侍正好打算走過來為我們續杯咖啡。我揮揮手不讓她過來打擾我們。凱倫．愛丁格說：

「他說她懷了另一個男人的小孩。因為這個小孩不可能是他的。」

「你跟查里士．倫敦這樣說嗎？」

「我從來沒跟倫敦先生談過話。」

「那一定是你先生囉？他這樣告訴倫敦先生嗎？這就是倫敦怕我繼續查會得到的結果嗎？」

她的聲音幽幽然的非常遙遠。「他說她和另一個男人懷了這個小孩。一個黑人。他說小孩生下來皮膚一定是黑色的。」

「他這樣跟倫敦先生說。」

「是的。」

「他跟你說過這件事嗎？」

「沒有。我想這是他捏造出來影響倫敦先生的。」她看著我，眼神流露些許隱藏在那副郊區人士謹慎外表下的真實個性。「就像其他的一切都是他為了我而捏造出來的。小孩可能是他的。」

「你不認為她有外遇嗎？」

「也許，也許她有外遇，但她一定還跟他睡在一起，再不然她也會小心避免懷孕的。女人可不笨。」她眨了好幾下眼睛。「當然有些事例外。男人總是跟女朋友說，他們已經不和老婆同床了。這永遠是個謊言。」

「你認不認為……」

她跳過我的問題。「也許他也告訴她，他已經不再和我同床了，」她說，她的音調出奇的平淡。

「這也是個謊言。」

「他對誰說謊？」

「任何一個和他有外遇的女人。」

「你丈夫現在有外遇嗎？」

「是的，」她皺著眉頭說，「我也是現在才知道的。我以前就知道了，但是我不曉得自己知道。我希望你從來就沒有接下這個案子。我希望倫敦先生從來沒聽說過你這個人。」

「愛丁格太太——」

她站了起來，兩手緊緊抓住皮包，臉上的表情很痛苦。「以前我有一個美滿的婚姻，」她強調這一點。「然而現在我有什麼呢？你能不能告訴我？我現在擁有的是什麼呢？」

15

我不認為她想要有一個答案。我當然也沒有答案可以給她，而她也沒有耗在這兒聽聽看我會說出什麼其他我必須要說的話。她木然的走出咖啡廳。我留下來喝完我的咖啡，付了帳單和小費。我不僅沒有拿她的五千元，我還要付她那杯咖啡的錢。

外面天氣很好，我想我可以步行一段路去赴琳恩·倫敦的約，順便消磨一下時間。結果我一路步行到市中心，繼續往東走，途中我停下來一次坐在在公園的板凳上休息，另外還有一次我停下來喝咖啡，吃麵包。越過第十四街的時候，我走進丹·林曲酒吧喝了今天的第一杯酒。稍早，我還在想要改喝蘇格蘭威士忌，因為它再一次讓我免受宿醉之苦，但在我想起自己這個決定之前，我已經點了一杯波本和一杯喝完波本後要喝的啤酒。我把酒喝下去，享受著它所帶來的溫暖。這酒吧裡有一股濃厚的啤酒氣味，我很喜歡，也很想再多待一會兒。但是我已經讓這個學校老師空等過一次了。

我找到這間學校，走進去。沒有人詢問我進去做什麼，或是在走廊上把我攔下來。我找到了四十一教室，在教室門口站了一下子，端詳這位坐在金黃色橡木書桌前的女人。她正在看一本書，沒注意到我的存在。我敲了那扇打開著的門，她抬起頭看著我。

「我是馬修・史卡德。」我說。

「我是琳恩・倫敦。進來，把門關上。」

她站起來和我握握手。這裡沒地方可以坐，只有兒童用的書桌。布告欄上面釘著一些兒童的藝術作品和考試卷，有的在上面畫有金色或銀色的星星。黑板上有一題用黃色粉筆寫的乘除法練習題。我發現自己竟在計算這個數學題目。

「你要一張照片，」琳恩・倫敦正在對我說話。「我們家值得紀念的事恐怕沒幾件有我的份。我盡力了。這是芭芭拉大學時代的照片。」

我端詳著這張照片，眼光轉到站在我身邊的這個女人。她逮到我眼睛的動作。「如果你想找相似之處，」她說，「我勸你別浪費時間了。她長得像媽媽。」

琳恩的容貌像爸爸。她有同樣冷淡的藍眼睛。像他一樣戴眼鏡，但是她的鏡框厚重，而且鏡片是長方形的。棕色的頭髮向後梳，在腦袋後面盤成一個整齊的髮髻。臉上帶有一抹嚴肅的表情，更添容貌上精明的感覺，雖然我知道她只有三十三歲，但她的外表看起來比實際年齡老一些。她的眼角有些皺紋，但嘴角上的皺紋還要更深。

我從芭芭拉的照片上得不到多少東西。我看過一張警方在她死後於威考福街的廚房裡所拍攝的高度黑白對比照片，但是我需要的是能讓我對她這個人有所感覺的東西。琳恩・倫敦的這張照片同樣無法提供。我應該找比一張照片能提供更多的東西。

她說：「我爸爸怕你會破壞芭芭拉的名聲，你會嗎？」

「我沒有這個打算。」

「道格拉斯・愛丁格告訴他一些事，他怕你會將之公諸於世。我想知道是什麼事。」

「他告訴你父親芭芭拉懷了黑人的孩子。」

「老天啊。是真的嗎？」

「你認為呢？」

「我認為道格是個敗類。我一直這樣認為。現在我知道為什麼我父親會恨你了。」

「恨我？」

「嗯。我還在想說是為什麼呢。事實上，我想見你的主要原因是想要知道，到底是什麼樣的人會讓我父親產生那麼強烈的反應。你知道了吧，要不是因為你，他不會知道他聖潔的女兒會搞出這碼子事，假如他不曾僱用你，假如你沒有和道格談過話——你一定和道格談過了，我猜。」

「我見過他了，在他位於希克斯維拉的店裡。」

「如果你沒去找過他，他不會跟我父親說那些我父親絕對不想知道的事。我想他寧可相信他的兩個女兒都是純潔的。不過，他可能不怎麼在乎我。我膽敢離婚已經使得我無法超渡了。假如我捲入這種不同種族間的羅曼史，他一定會非常光火，因為凡事畢竟都有個限度。但是，假如我只是有外遇，我不認為他會在乎。我已經是個瑕疵品了。」她的音調平淡，不像她所說的內容那麼痛苦。「但芭芭拉是個聖人。如果被殺的人是我，首先他不會僱用你，就算他後來真的僱用你，他也不會在乎你查到些什麼東西。對於芭芭拉，則完全另當別論。」

「她是個聖人嗎？」

「我們並不很親密，」她看著別的地方，從桌上拿起一枝鉛筆。「她是我的姐姐，我把她看得高高在上，最後我只能看到她的腳，我度過了一段忍受來自她比你聖潔的恥辱期。後來，我長大成熟了，但她卻在那時候被殺死，想到我以前對她的感覺，我就有罪惡感。」她看著我。「這是我做團體治療的原因之一。」

「她嫁給愛丁格之後，是不是有了外遇？」

「就算有，她也不會告訴我。她的確告訴過我一件事，他和其他女人惡搞。她說他到處追他們的朋友，占他當事人的便宜。我不知道是不是真的。他從來沒追過我。」

說到最後一句時，她好像也把這點給算進那好長一張怨恨清單去了。我和她又談了十分鐘，除了芭芭拉的死對她這位妹妹所造成的衝擊外，沒有任何其他的訊息，然而這件事不是新聞。我很好奇，琳恩九年前有什麼不同，假如芭芭拉還活著的話，她和現在又會有多大的不同。也許，所有的痛苦，情感的武裝，早就存在在那個地方，並且已經占據好穩固的地位。我想知道——雖然我大概也猜得到——琳恩自己的婚姻是什麼樣子。如果芭芭拉還活著，她會嫁給同一個人嗎？如果她還活著，她會和他離婚嗎？

我帶著一張沒用的照片還有滿腦子不相干——或者說沒有答案——的問題離開。我同時也很高興從那個女人彆扭的個性中解放出來。只要往住宅區走過兩個街區就可以到丹・林曲酒吧，我往那個方向走，想著那裡深色的酒桶，溫暖的感覺，和令人沉醉的啤酒芳香。

我想，他們都怕我把芭芭拉給挖出來，但這是不可能的，因為芭芭拉已經被埋得無法想像的深了。我想起珍唸的那首詩的片段，我試著回想它到底是怎麼寫的。與死去的人一起深深埋葬？是這樣嗎？

我決定要找出正確的詞句。不僅如此，我要這整首詩。在我模糊的印象中，在第二大道的某一個地方有個圖書館的分館。我往北走過一個街區，沒有找到，轉個方向往市中心走。在我印象中，那個地方確實有一間圖書館，裝飾著漂亮大理石外觀的三層樓正方形建築物。門上有一個牌子告知開放時間，每逢星期三不開放。

所有地區性的圖書館都在減少開放時數，增加關閉天數。財政緊縮的緣故。這個城市無法再提供任何東西了，管理當局就像一個年邁的守財奴，關掉他零落老舊房屋中那些不使用的房間。警力比以前少了一萬人。什麼東西都減少，房租和犯罪率除外。

我往另一個街區走，正好到了聖馬克斯街，我知道這附近有個書局，裡面有個詩詞部門。聖馬克斯街最繁忙的商業區，也是東村最有發展的一個街區，位於第二和第三大道之間。我向右轉，往第三大道走了三分之二，找到了一家書局。這裡有狄倫．湯瑪士詩詞選集平裝本，我翻了好幾遍才找到我要的那首詩，的確是在這本詩詞選裡面，我從頭到尾讀了一遍。篇名是〈拒絕哀悼被火燒死的倫敦小孩〉。其中有一些地方，我想我不太能理解，但無論如何我喜歡它們的聲韻，用詞遣字的分量和風姿。

這首詩太長了，所以我打消將它抄在筆記本裡的念頭。此外，也許我可以看看其他幾首詩。我付錢把它買下來，放進我的口袋裡。

8

看著一些枝微末節的事導引你的注意力轉移方向是一件很有趣的事。走了這麼一大段路，我覺得累了。我本想搭地鐵回家，但我又想喝一杯，我在書店前的人行道上站了一會兒，思索著下一步要做什麼，要往哪裡走。當我站在那裡的時候，有兩個穿制服的巡邏警察走過去。他們兩個看起來真是不可思議的年輕，其中有一個好嫩，就連他的制服看起來都像是戲服。

越過街道，有一個商店的招牌寫著「哈伯曼的店」，不曉得店裡賣些什麼。

我想起了波頓・哈佛梅爾。就算沒看到那兩個警察，也沒讓我的記憶被那個和他名字有點相同的店名衝撞了一下，說不定我還是會想起他。不管怎麼樣，我想起了他，我記得他曾經住在這條街上，而他老婆現在也還住這裡。我不記得住址，但是記事簿裡有。聖馬克斯街二一二號，還有電話號碼。

我還是找不到去看她住處的理由。他甚至與我正在辦的案子不相干了，因為我已經見過路易士・品奈爾，我可以確定這個矮小的精神病患殺了蘇珊・波多斯基，而且他沒有殺芭芭拉・愛丁格。然而，哈佛梅爾的生活已經因此而改變了，有些像我的生活因為另一個人的死而發生改變一樣，這引起我的幾分興趣。

聖馬克斯街的起點在第三大道，愈向東走，號碼愈大。介於第一和第二大道之間的街區住家較多，商店較少。有幾間築成一排的房子，窗戶裝飾華麗，在靠近入口處有告示牌讓人們知道這裡是教堂。這是一家烏克蘭教堂，是一家波蘭天主教教堂。

我走到第一大道，等燈亮了再過馬路。這是個安靜的街區，比起先前走過的那個，這裡的房子較不討人喜愛，整修得也比較差。我經過一堆停靠在路邊的車子，其中有一輛被棄置在這裡，輪胎和車軸蓋都已經被拿走了，收音機被拔出來，車廂內部已然破壞殆盡。對街有三個蓄鬍子，留長髮，穿摩托車幫派地獄天使服裝的人，在那裡試著要發動一部摩托車。

這個街區的最後一個門牌號碼是一三二號。聖馬克斯街結束在和A大道交會的轉角處，而A大道正好是湯普金廣場公園的西邊界線。我站在那裡，一下子看門牌號碼，一下子看公園。

從A大道往東到河邊的幾個街區，人們稱之為字母市。到處都是吸毒者，搶匪，及瘋子。除非住不起其他地區，否則沒有正常人故意要住在這邊。

我拿出筆記本，地址還是一樣，聖馬克斯街二一二號。

我走過湯普金廣場，在B大道過馬路。我經過公園的時候，有些毒販向我兜售興奮劑，藥丸，和迷幻藥。對他們而言，我可能看起來不像警察，或者說他們根本就不在乎。

在B大道那邊，門牌號碼從三〇〇號開始。街名也不叫聖馬克斯街。這裡是東八街。

我往回走，穿過公園。聖馬克斯街一三〇號是一家「布蘭屈的小酒館」。我走進去，這酒吧就像壞掉的汲血桶，有壞掉的啤酒味，尿騷味，和體臭味。裡面可能有上打的人，大部分坐在吧台，只有幾個坐在桌子旁邊。我走進去的時候，酒吧變得一片死寂，我想我看起來不像是屬於這裡的人，我祈禱上帝，我永遠不要屬於這裡。

我先使用電話簿，羊頭灣那家分局的資料可能有誤，或者是安東尼里唸錯號碼，再不然就是我記錯號碼了。西一〇三街有個波頓．哈佛梅爾，但在聖馬克斯街沒有叫哈佛梅爾的人。

我身上沒銅板了，酒保讓我換零錢。他的顧客知道我和他們毫不相干，所以態度顯得輕鬆不少。

我丟了個銅板進投幣口，撥了記事本中的電話號碼。但是沒有人接聽。

我出了酒吧，走過幾間房子到聖馬克斯街一一二號，檢查玄關中所有的信箱，其實我也不是真的認為會找到哈佛梅爾的名字，我又走到外面來。我想喝一杯，但布蘭屈的小酒館不是我想去的地方。

但暴風雨來時，任何港口都得去停靠。在酒吧裡，我叫了一杯純波本威士忌，最暢銷的牌子。我右手邊有兩個人正在討論一個他們都認識的朋友。其中一個人說：「我早就叫她別帶那個男的回家，他不是什麼好東西，他會毆打她，還占她便宜。但她偏偏要這麼做，把他帶回家去，那男的真的扁她又占了她便宜。所以她現在怎麼還有臉來向我哭訴？」

我又撥了一次電話。響到第四聲的時候，一個男孩來接電話。我還以為我撥錯號碼了，我問他這裡是不是哈佛梅爾的家。他說沒錯。

我問他哈佛梅爾太太在不在。

「她在隔壁房間，」他說，「有很重要的事嗎？我可以去叫她。」

「不必麻煩。我只是要查一下送信地址。你家的門牌號碼是幾號？」

「二一二號。」

「什麼二一二號？」

他開始講公寓棟號，我告訴他我要知道的是這條街的名稱。

「聖馬克斯街二一二號。」他說。

我一時之間產生了一種有時候在夢中才會有的錯覺，昏睡中的心智面對著一種不可能的矛盾掙扎，最後才突圍認清是一場夢。我正和一個聲音稚嫩的小孩講話，他堅持他住在一個事實上並不存在的住址。

也許，他和媽媽同松鼠們住在湯普金廣場公園。

我說：「介於什麼之間？」

「啊？」

「交叉街道的名稱？你家位於哪個街區？」

「哦，」他說，「第三和第四。」

「什麼？」

「我家在第三和第四大道之間。」

「這是不可能的。」我說。

「啊？」

我將停在電話上的目光移開，還真希望能在布蘭屈的小酒館裡看到一些截然不同的地方。也許，一幅冷光山水畫吧。聖馬克斯街是從第三大道開始向東延伸的。第三和第四大道之間根本沒有聖馬克斯街。

我說：「哪裡？」

「啊？先生，我不——」

「等一下。」

「也許我應該去叫我媽媽。我——」

「你是在曼哈頓？布魯克林？布朗克斯？你家在哪裡呢？孩子。」

「布魯克林。」

「你確定嗎？」

「是，我確定。」他的聲音聽起來好像都快哭了。「我們住在布魯克林。你到底要做什麼？怎麼搞的，你是瘋了或怎麼了？」

「沒事，」我說，「你幫了個大忙。非常謝謝。」

我掛斷電話，覺得自己像個白癡。街道名稱在紐約的五個區內都會重複。我沒有理由假設她住在曼哈頓。

我往回想，把我先前和這位女人的談話內容重新再想一遍。有沒有哪一句話，讓我知道她不住曼哈頓。「他在曼哈頓。」她是這樣說她丈夫的。假如她自己也住曼哈頓，她不會這樣說話的。

但是我和哈佛梅爾之間的對話呢？「你太太還住在東村。」他同意我的說法。

也許他只是想結束談話。同意我說的話比向我解釋布魯克林也有聖馬克斯街要容易多了。

我離開布蘭屈，然後快速向西走到我買詩集的那家書店。他們有黑格斯卓姆的紐約五區袖珍地圖。我在後頁找到聖馬克斯街，翻出那張地圖，找到了。

布魯克林的聖馬克斯街和曼哈頓的一樣，只延伸了三個街區。往東，過平林路，繼續到聖馬克斯大道處轉彎成一個角度，然後一直延伸到布勞斯維樂。

向西，聖馬克斯街結束在第三大道，就好像它在曼哈頓也結束在另一條完全不同的第三大道。在第三大道的另一邊，布魯克林的聖馬克斯街有另一個名字。

威考福街。

16

我和這個男孩講電話的時候大約是下午三點。當我登上他位於西一〇三街大樓門口的台階時，則在六點半到七點之間。中間這段時間，我去辦點事。

我按了幾個門鈴，但沒按他那一個，有人用對講機開門讓我進去。無論是哪位仁兄在三樓從門口窺看我，都沒有對我的路過提出異議。我停在哈佛梅爾門前，聽了一會兒。電視機開著，正在播放地方新聞。

我並不真的認為他會隔著門開槍，但他是一個配戴有槍的安全警衛。雖然他可能每天晚上都把槍放在店裡，但我也不能確定他家裡沒有另外一把槍。他們教過我，敲門的時候，要站在門邊上，我照做了。我聽到他的腳步聲靠近門口，然後才聽到他開口問我是誰的聲音。

「史卡德。」我說。

他把門打開。他穿著外出服，我看不僅是手槍，可能連制服也每天晚上留在店裡。他的一隻手拿著啤酒。我問他可不可以進去。他猶豫了很久，最後終於點點頭，讓出一條路給我進去。我走進去並且把門帶上。

他說：「還在調查這案子啊？我能幫得上忙嗎？」

「是的。」

「假如我做得到話，我很樂意。順便來罐啤酒如何？」

我搖搖頭。他看著手中的啤酒罐，把它放在桌上，再走過去關掉電視機。他維持著這個姿勢好一陣子，我從側面注視著他的臉。這一次他不需要刮鬍子了。他慢慢的，如我預期的轉過身來，就像在等待暴風雨傾盆而下。

我說：「我知道是你殺了她，波頓。」

我看著他深棕色的眼睛。他在排練否認的台詞，在心中複習，過了一陣子，他決定不要再費這個心了。他有主意了。

「你什麼時候知道的？」

「幾個小時以前。」

「禮拜天你離開這裡時，我不能確定你是知道還是不知道。我想，也許你在和我玩貓捉老鼠的遊戲，但是我又沒有這種感覺。事實上，我覺得和你很親近。我覺得我們是一對離職警員，兩個因私人因素離開警界的傢伙。我想也許你在演戲，布陷阱，但感覺又不太像。」

「我沒有。」

「你是怎麼查出來的？」

「聖馬克斯街。你以前根本不是住在東村，你住在布魯克林，離芭芭拉‧愛丁格的住處只隔三個街區。」

「住得離她這麼近的有幾千人。」

「你讓我一直以為你以前住東村。假如我一開始就知道你住在布魯克林，我不知道我還會不會有第二個想法產生。也許我會。但很可能我不會。布魯克林是個大地方，我不知道那裡也有聖馬克斯街，所以我當然也不會知道它和威考福街的關聯。我只知道它大概在羊頭灣，靠近你服務的分局。但是，你說謊。」

「只是為了避免冗長的解釋。不能證明任何事情。」

「這給我一個調查你的理由。第一件我要弄清楚的是你告訴我的另一個謊言。你說你和你太太沒生小孩。但是我今天下午和你兒子講過電話，後來我又打電話問他爸爸的姓名還有他的年齡。他一定覺得很奇怪，我問他這些問題做什麼。他十二歲了。芭芭拉・愛丁格被殺時他三歲。」

「所以？」

「你以前常送他到柯林頓街的一個地方去。快樂時光托兒中心。」

「你用猜的。」

「不是。」

「他們結束營業了。他們結束營業好多年。」

「你離開布魯克林的時候，他們還在營業。你一直在注意那個地方嗎？」

「也許是我前妻提過，」他說。隨後，他聳聳肩膀。「我也許曾經打那兒經過。當我去布魯克林探望丹尼的時候。」

「經營那家日間托兒所的女人現在還住在紐約。她記得你。」

「九年之後。」

「她是這麼說的。波頓，她還保存著那些記錄。有學生和雙親姓名以及住址的分類帳，還有繳款記錄。當她要結束營業時，她把所有的東西打包在一個紙箱裡，她從來都懶得去看它，也懶得將她不要的東西整理出來丟掉。她今天把這個箱子打開。她說她記得你。她說，通常都是你在帶小孩，她從來沒見過你太太，但她確實記得你。」

「她的記性想必很好。」

「你通常都穿制服。這會讓別人很容易記得你。」

他看了我一會兒，然後轉身走到窗戶邊，站在那兒往外看。我不認為他在看什麼特別的東西。

「你在哪裡取得冰錐的，波頓？」

他沒有轉過身來，他說：「我不必承認任何事情。我也不必回答任何問題。」

「你當然沒有必要。」

「就算你是個警察，我也不需要說什麼。更何況，你不是警察。你沒有權利。」

「完全正確。」

「所以，我為什麼要回答你的問題？」

「你隱藏這個祕密很久了，波頓。」

「那又如何？」

「對你一點兒都沒有影響嗎？把它藏在心裡這麼久？」

「哦，上帝，」他說。他走過來到一張椅子前面，整個人跌坐進去。「把啤酒拿給我，」他說，

「你能幫我拿一下嗎？」

我拿給他。他問我是否確定不喝一點。我說：「不了，謝謝。」他喝了一些啤酒，我問他在哪裡拿到冰錐的。

「一家店吧。」他說：「我不記得了。」

「在附近嗎？」

「我想是在羊頭灣。我不確定。」

「你是在托兒所認識芭芭拉·愛丁格的。」

「一方面是我們就住附近。我帶丹尼到托兒所前，就經常在那附近看到她。」

「你和她有外遇嗎？」

「誰告訴你的？沒有，我和她沒有外遇。我和任何人都沒有。」

「但你想要有。」

「沒有。」

我等著。但他看起來想停在那兒。我說：「你為什麼要殺她，波頓？」

他看著我一會兒，然後低著頭，然後又看著我。「你沒有辦法證明任何事情。」他說。

我聳聳肩。

「你沒辦法。而我也不需要告訴你任何事情。」他深呼吸，然後長長的歎了一口氣。「當我看到波多斯基那女人時，出事了。」他說：「出事了。」

「你是指什麼？」

「我出事了。在我身體裡面。有東西跑到我腦子裡，我擺脫不掉。我記得我站在那裡，敲打自己的額頭，但還是不能將它從心中排除。」

「你想殺芭芭拉．愛丁格。」

「不是。不要幫我講，好不好？讓我自己說。」

「對不起。」

「我看著那個死去的女人，但我在地板上看到的不是她，而是我老婆。每當我想起謀殺現場那個影像，那個在地板上的女人，我就會看到我老婆出現在影像裡。我無法除去要這樣殺死她的念頭。」

他喝了一小口啤酒。一邊喝，一邊說：「我以前老想著要殺死她。我想過好幾次，這是我能解脫的唯一途徑。我無法忍受婚姻。我孤獨一人，父母都去世了，從來沒有兄弟姐妹，我想我需要有人作伴。而且，我知道她需要我。但是，我錯了。我討厭婚姻。它就好像一個太小的領子圍在脖子上，令我窒息，但我又無法把它拿掉。」

「為什麼你不離開她呢？」

「我怎麼能離開她？我怎麼可以這樣對待她？什麼樣的男人會這樣離開一個女人？」

「每天都有男人離開女人。」

「你真的不了解。」又歎了一口氣，「我講到哪裡了？對。我一直想要殺死她。我考慮過，我當然考慮過，他們會做的第一件事就是把你的裡裡外外先調查一遍，他們無論如何不會放過你，因為他們總是把矛頭指向丈夫，百分之九十都是丈夫做的。他們會把你說的話分析再分析，絕不放過你。然後，我看到波多斯基，這是個辦法。我可以殺了她，讓它看起來好像又是冰錐大盜做的。我看到我們處理波多斯基命案的方式。我們把整個案子轉給曼哈頓南區，沒有人質疑丈夫或其他之類的事。」

「所以你決定要殺她。」

「對。」

「你老婆。」

「對。」

「那麼，芭芭拉．愛丁格是怎麼扯進來的？」

「哦，上帝。」他說。

我等他開口。

「我害怕殺她。我是指我太太。我怕會出問題。我想，假設我動手了，但是我卻沒有辦法完成，我該怎麼辦？我有一支冰錐，我常常拿出來看——我想起來了，我在亞特蘭大大道買的，我不知道那個商店還在不在。」

「那不要緊。」

「我知道。我產生幻影，你知道，開始戳刺她和停止的幻影，無法完成的幻影，這些事一直在我心頭徘徊，逼得我都快要發瘋了。我想我真的是瘋了。當然我確實是瘋了。」

他喝著罐子裡的啤酒。「我殺她當練習。」他說。

「芭芭拉・愛丁格。」

「是的。我要知道我有沒有辦法做。而且我告訴自己，這算是一個預備措施。布魯克林又發生一件冰錐謀殺案，這麼一來，如果我太太在隔三個街區的地方被殺害，也不過就是給冰錐大盜再添一筆記錄。同樣又是冰錐謀殺案。也許，不管我怎麼做，他們都會注意到它和真正的冰錐謀殺案有點出入，但他們不會懷疑是我殺了像芭芭拉這麼一個我不認識的女人，因此，如果我太太也是被同樣手法殺死的，而且——但這只是我告訴我自己的。我殺她是因為我怕殺我太太，而我一定要殺個人。」

「你一定要殺個人？」

「我必須要。」他把身體往前靠，坐在椅子邊緣上面。「我無法將這個念頭從我的心中除去，當你無法排除某個念頭時，你知道是什麼樣子嗎？」

「知道。」

「我不知道該挑誰下手。直到有一天我帶丹尼去托兒所，她和我像平常一樣聊天，我突然有這個想法。我想要殺她，這個想法很妥當。」

「你是什麼意思，這個想法很妥當？」

「她屬於我心中那一幅影像。我可以看到她，你知道，在廚房的地板上。所以，我開始監視她。我不上班的時候，我就在附近逗留，盯著她。」

她注意到有人在跟蹤她，注意她。她很害怕，自從波多斯基被謀殺後，就有人在跟蹤她。

「我認為殺她絕對錯不了。她沒有小孩。沒有人依賴她。而且她行為不檢點。她和我調情，也和其他到托兒所的男人調情。她丈夫不在時，她帶男人回家。我想，如果我做了，警方就算知道不是冰錐大盜幹的，他們也還有許多人可以懷疑，絕不會找上我。」

我問他命案發生當天的情形。

「那天我值班到中午時分，我走到柯林頓街，坐在一家咖啡廳的櫃檯，監視著那地方。她很早就離開托兒所，我跟蹤她。我在對街看到一個男人走進她住的大樓。我認識他，我以前看過他和她在一起。」

「是個黑人嗎？」

「黑人？不是。為什麼？」

「亂猜的。」

「我不記得他長什麼樣子。他和她在一起大約有半小時。然後，他離開了。我多等了一會兒，有個感覺出現，我不知道，我只知道時機到了。我上樓，敲她的門。」

「她讓你進門？」

「我給她看我的警徽。我提醒她我們在托兒所見過面，我是丹尼的父親。她就讓我進去了。」

「然後呢？」

「我不想再說了。」

「你確定嗎？」

我猜他在考慮。然後他說：「我們在廚房裡。她正在為我沖咖啡，她背對著我，我用一隻手摀住她的嘴巴，將冰錐刺入她的胸膛。我要刺中她的心臟，我不要她受苦。我一直刺她的心臟，她倒在我的臂彎裡。我讓她倒地板上。」他抬起不安的棕色眼睛看著我的雙眼。「我想她是在那時候立即斃命的，」他說，「我想她是立即斃命的。」

「然後你繼續戳刺她。」

「在我以前的想像中，我總是發狂，一遍又一遍的，像個瘋子似的戳刺她。這幅影像一直在我心中。然而我竟然沒有辦法這樣做。我必須命令自己戳她，而且我覺得噁心，我想我快要吐了，但是我卻必須把冰錐繼續刺進她的身體，而且——」他突然停下來，喘著氣。他的臉縮皺成一團，臉色蒼白的像鬼一般。

「沒事了。」我說。

「哦，上帝。」

「放輕鬆一點，波頓。」

「上帝，上帝。」

「你只戳了她一隻眼睛。」

「實在是很困難。」他說，「她的眼睛睜得大大的。我知道她死了，我知道她什麼都看不見，但是那雙眼睛好像在盯著我。命令自己去戳她的眼睛最令我痛苦。我做了一次，我沒有辦法再做第二次。我努力了，但我就是沒有辦法再做一次。」

「然後呢？」

「我離開那裡。沒有人看到我離開那裡。我就這樣離開那棟大樓，走了。我把冰錐丟到排水溝裡。我想，我做了，我殺了她，而且我也逃出來了，但我不覺得我逃避得了任何一件事。我的胃好難受。我想著我做過的事，我無法相信我真的做了。當這件報導見諸電視和報紙時，我簡直沒有辦法相信。我覺得那一定是別人做的。」

「你沒有殺你老婆。」

他搖搖頭，「我知道我不會再做這種事。你知道嗎？我把這整件事想了一遍又一遍，我想我那時候一定是精神失常。事實上，我很確定。看到波多斯基雙眼裡的血坑，看到她全身上下被戳穿的傷口，我中邪了。它使我瘋狂，而且我就這樣一直瘋到芭芭拉・愛丁格死亡。然後，我沒事，而她卻已經死了。

「突然間，我看清楚很多事情。我沒有辦法維持婚姻，而且第一次我了解到我不需要婚姻。我可以離開我老婆還有丹尼。我以前覺得這麼做是一件十分可怕的事，所以我竟然在那裡計畫著要殺死她，現在我真的殺人了，我終於知道這比其他任何一件我可能對她做的事，都要來得可怕，比如說離開她。」

我導引他從頭再說一遍，仔細查證了一些重點。他喝完那罐啤酒後，沒有再繼續喝，我想要喝一杯，但我不想喝啤酒，也不想和他一起喝酒。我並不討厭他。我不知道我對他真正的感覺是什麼。但我不要同他共飲。

他打破沉默說道：「沒有人可以證明這件事。我告訴你什麼都不要緊。沒有目擊者，也沒有證據。」

「可能有人在附近看到你。」

「在九年後還記得嗎？還記得是那一天？」

他說的當然對。我想沒有任何一個地方律師會起訴他。案子沒有辦法成立。

我說：「穿一件外套吧，波頓。」

「做什麼？」

「我們到十八分局，找一位叫費茲羅伊的警察談一談。你可以把你對我說的話告訴他。」

「那不是很愚蠢嗎？」

「為什麼？」

「我只要這樣繼續下去。我只要把嘴巴閉起來。沒有人可以證明什麼。他們想試試看都有困難。」

「也許真是如此。」

「然而你卻要我去自首。」

「沒錯。」

他的表情像個小孩子。「為什麼?」

我想，做個了斷吧。把事情弄清楚。讓費茲羅伊知道他自己說對了，他說我就是有辦法查出這個案子。

我說的是：「你會覺得好過一些。」

「這真是笑死人。」

「你現在覺得怎麼樣，波頓?」

「我覺得怎麼樣?」他思考著這個問題，然後，好像被自己的答案嚇一跳，「我覺得還好。」

「比我來這兒之前好?」

「是啊。」

「比禮拜天到現在之前好?」

「我想是這樣。」

「你從來沒跟別人講過吧?」

「當然沒有。」

「九年來沒告訴過任何一個人。你可能沒想這麼多，但有時候你也難免會忍不住想起這件事，而你從來沒告訴過任何人。」

「那又如何？」

「好長的一段時間。」

「天呀。」

「我不知道他們會怎麼處置你，波頓。你可以什麼都不做。曾有一次，我叫一個殺人犯去自殺，結果他真的照辦，我再也不會這樣做了。還有一次，我說服一個殺人犯自首，因為我讓他明白如果他不自首，他可能會自殺。我不認為你會這樣做。我想你都這樣過了九年了，也許你可以這樣繼續下去。但是，你真的要這樣做嗎？你寧願不讓自己解脫嗎？」

「天呀，」把頭埋在雙手中。「我都弄糊塗了。」他說。

「你會沒事的。」

「他們會把我的照片登在報紙上。也會出現在新聞報導裡。丹尼會怎麼想呢？」

「你得先考慮自己。」

「我會失去工作。」他說，「我會發生什麼事？」

我沒有回答這個問題，我也沒有答案。

「好吧。」他突然說。

「準備走了嗎？」

「我想是的。」

在到市中心的路上，他說：「我想星期天的時候我就知道了。我知道你會一直挖，直到你發現凶手是我。我當時就有一股衝動想要告訴你。」

「我走運。一堆巧合讓我跑到聖馬克斯街，我想到你，正好我又沒有比去看你以前住處更好的事可以做。但是只有到一三三號的門牌。」

「如果沒有這個巧合，也會有另一個巧合的。你走進我公寓的那一剎那，所有的事情就已經都設定好了。也許還要更早。也許從我殺死她的那一剎那開始，一切就都注定了。有些人可以逃脫謀殺罪的懲罰，但我猜我不是其中之一。」

「沒有人逃得掉的。只是有些人沒有被抓到而已。」

「這不是同一回事嗎？」

「九年了，你都沒有被捉到，波頓。但你逃避得了什麼嗎？」

「哦，」他說，「我了解了。」

快到十八分局時，我說：「有件事我不明白。為什麼你認為殺死你老婆比離開她容易？你說了好幾次，離開像她這麼一個女人實在太可怕了，而且這是種卑鄙的行為。男人和女人一直在分手。你的家人都不在了，你也不用擔心你的父母會怎麼想。有什麼事情會這麼嚴重？」

「哦，」他說，「你不知道。」

「不知道什麼？」

「你沒有見過她。你今天下午沒到那裡去吧？」

「沒有。」

（「我從來沒見過他……我從來沒見過我的前夫……我沒見過我的丈夫，也沒見過支票。你明白嗎？你明白嗎？」）

「波多斯基那女人，用她的眼睛透過血盯著我。當我看她像這樣看著我時，我好像被重重打了一下，我受不了。你不認識她，所以你不會了解的。」

（「也許他有電話，也許電話號碼簿裡就有了。你可以找找看。我知道如果我不幫你找，你也會原諒我的。」）

答案浮現出來了。我好不容易才伸出手去並且觸摸到它。但我的心沒有專注在這上面。

他說：「我太太是個瞎子。」

17

夜晚的時間過得好慢，到二十街的路程算是過得最快的一段了。我和哈佛梅爾共搭一部計程車。一路上，我們一定談過些什麼，但我記不得了。我付了車錢，帶哈佛梅爾到小隊辦公室，把他介紹給法蘭克・費茲羅伊，我能做的最多就是這樣了。我畢竟不是拘捕警官。我和這個案子也沒有正式職務上的關聯，也不執行官方任務。當速記員在給哈佛梅爾錄口供時，我不需要留在旁邊，也沒有人要求要錄我的口供。

費茲羅伊溜班很久，和我一起走到街角，請我到雷諾斯喝酒。

我不太想答應他的邀請。我是想喝酒，但我不想和哈佛梅爾一起喝，更不想和費茲羅伊一起喝。我覺得和每一個人都很疏遠，我得把自己牢牢的關在自己心裡面，讓死去的女人和瞎眼的女人都不能加害於我。

酒送來了，我們開始喝，他說：「幹得好，馬修。」

「我走運。」

「你可不單單是運氣好。你努力辦成的。首先，你想到去找哈佛梅爾。」

「更走運了。六十一分局的另外兩名警察都死了。他碩果僅存。」

「你可以用電話和他談。結果你去看他。」

「因為沒別的事可做。」

「你問的問題也要夠多，他才會撒些謊，讓你能一路查到他。」

「我正好在那個地點，那個時間，看著那兩個警察走過我面前，又看到那家商店招牌。」

「哦，狗屎，」他說，一邊向酒保招手。「如果你愛妄自菲薄，那隨你便。」

「我只不過是不認為我做了任何讓自己升級當探長的努力。如此而已。」

酒保走過來，費茲羅伊指指我們的杯子，酒保又替我們加滿。雖然第一輪也是他付的錢，這一回合我還是讓他付錢。

他說：「你不會因此得到官方表揚的，馬修。這你知道。」

「我比較喜歡升官。」

「我們會告訴新聞界，逮捕了品奈爾之後，我們重新展開調查，他良心不安，所以來自首。他和一個像他一樣的離職警察談過這個問題，就是你，然後決定來自首。聽起來如何？」

「聽起來跟真的一樣。」

「只漏掉幾件事而已，我要說的是，你不會得到任何官方的東西，但警局上下都會很清楚這件事。你明白我的意思嗎？」

「所以？」

「所以，我認為聽起來你不能因此取得較高職位重返警界。我和第六分局的艾迪·柯勒談過了，重新僱用你絕對沒問題。」

「這不是我要的。」

「他也說你會這樣講。但是，你確定這不是你要的嗎？好吧，你是個獨行俠，你為世事感到難過，你碰這東西——」他碰了一下他的杯子，「——也許稍微多了一點。但你是一個警察，馬修，你交回警徽，但你沒有停止當一名警察。」

我想了一下，不是在考慮他的提議，而是衡量我自己要回答的字眼。我說：「從某一個角度看，你是對的。但從另外一個角度看，你就錯了，在我交出警徽之前，我就已經不是一名警察了。」

「全是因為那個死掉的孩子嗎？」

「不完全。」我聳聳肩膀，「人一搬家，生活就跟著改變了。」

「好吧，」他說。有幾分鐘他沒說一句話，然後我們找到一個比較沒那麼難解決的話題。我們討論著為什麼徹底掃蕩街上賭西班牙紙牌的莊家是不可能的，違法聚賭者處七十五元的罰款，但是這些人一天的利潤是五百到一千元之間。「有這麼一個法官，」他說，「告訴他們一個附帶條件，如果他們保證不再犯，不用繳罰金就能獲釋。哦，我保證，大人。為了省七十五塊錢，這些王八蛋什麼話說不出口。」

我們又喝了第三回合，我一樣讓他付錢，然後他回警察局，我搭計程車回家。我去看看櫃檯有沒有留言，一張都沒有，我走到街角附近的阿姆斯壯酒吧，來這裡度過一個漫長的夜晚。

但是還不壞。我喝我的波本咖啡，一點一點，慢慢喝，我的心情沒有變壞。我偶爾和其他人交談，但大部分時間，我都在回顧今天所發生的事，聆聽著哈佛梅爾的解釋。按理，我應該打電話給珍，告訴她事情的結果。但是她忙線中。她不是在講電話，就是把話筒拿起來了，這次我沒叫接線生檢查。

我只喝了適量的酒，我要做個改變。不要再喝到昏天暗地又失去記憶。只要足夠讓我一夜無夢，沉沉入睡就好了。

∞

隔天，我到松樹街的時候，查里士・倫敦已經知道發生什麼事了。早報有這則報導。裡面的內容和我從費茲羅伊那裡聽來的差不多。報導裡面提到我的名字，說我也是一位離職警察，我聽到哈佛梅爾的懺悔並且開導他，所以他才自首承認自己謀殺了芭芭拉・愛丁格。

儘管如此，他看到我時並不激動。

「我必須向你致歉。」他說，「我被說服了，以為你所做的調查只會對大家造成傷害。我想——」

「我知道你的想法。」

「結果，我錯了。我還是擔心開庭審理時會披露出什麼，但是看起來不像會舉行審判。」

「你無論如何不必擔心會披露出什麼，」我說，「你的女兒沒有懷黑人的小孩。」他看起來像是被打了一巴掌。「她懷的是她丈夫的小孩。也許，她真的有外遇，可能是為了報復她老公的行為，但沒有證據顯示她和不同種族的人有外遇。這是你的前女婿編出來的謊言。」

「我明白了。」他輕輕的走到窗戶旁邊，確定碼頭還在那裡。他轉過身來對我說：「至少這個結局還不錯，史卡德先生。」

「哦？」

「殺死芭芭拉的人已經被帶到正義公平之前繩之以法。我不必再煩惱是誰殺了她，或為什麼殺了她。是的，我想我可以說這個結果還不錯。」

他要怎麼說都可以。但我不確定正義公平是不是審判哈佛梅爾的標準以及他今後生活的歸宿。我也不能確定正義公平選擇什麼時候出現，在從今天開始加諸在哈佛梅爾的兒子和瞎了眼的前妻身上的嚴酷考驗。雖然倫敦現在不用再擔心是道格拉斯・愛丁格殺死了他女兒，但看得出來他早就知道愛丁格的人格實在極不可靠。

再來，我想到我在愛丁格的第二次婚姻裡所察覺到的惡運。我懷疑那個金髮碧眼、帶著郊區陽光的臉龐還能在他書桌上的相框停留多久。如果他們分手，他還能繼續在他第二任岳父那裡工作嗎？

最後，我想到如果人們曾經全心全意接受一個事實，他們要如何調整自己才能接受另一個事實。一開始倫敦相信他的女兒是被無緣無故殺死的，他調整自己去適應了。後來他又相信他的女兒確實是為了某個理由，被一個她所認識的人殺死的。他又開始調整自己去適應。現在，他知道她是為了某個理由被一個幾近陌生的人殺死的，他殺她的理由和她本身沒有太大的關係。她的死變成另一場謀殺的彩排，在她自己的死亡中，保住了原來那位受害人的生命。你可以把這一切看成是某個偉大設計的一部分，或將之視為瘋狂世界的另一個明證，但是不管你怎麼想，它都是一個他必須要調整才能適應的新事實。

在我離開之前，他給了我一張一千元的支票。他說這是獎金，他告訴我他一定要我收下。我沒有和他爭論。錢如果自動送上門來，就把它收下，放進口袋裡。在我心目中，我還是個十足十的警察，我還記得該怎麼做。

大約在午餐時間，我打電話給珍，沒有人接電話。下午的時候，我陸陸續續試了三次，結果都在忙線中。最後我在六點左右才和她聯絡上。

「你真難找。」我說。

「我出去辦點事。後來我在講電話。」

「我自己也在外面辦事。」前一天下午我帶著哈佛梅爾的兒子曾在快樂時光上學的事實離開她的統樓，我告訴她後面發生的許多事情。我告訴她芭芭拉為什麼會被殺死，我還告訴她哈佛梅爾的老婆是個瞎子。

「我的天啊。」她說。

我們談了一會兒，我問她要怎麼打發她的晚餐。「我的當事人給了我一千元，我得來全不費工夫。」我說，「我想在把錢拿去買必需品之前，先揮霍掉一些。」

「今晚恐怕不行，」她說，「我已經做好沙拉了。」

「好吧，吃完沙拉後，你要不要來點餘興節目？除了布蘭屈的小酒館以外，哪裡都可以。」

停了一下。她說：「問題是，馬修，我今天晚上有事。」

「哦。」

「不是另有約會。我要去參加一個聚會。」

「聚會？」

「戒酒無名會的聚會。」

「我明白了。」

「我是個酒鬼，馬修。我必須面對這個事實，我必須把這個問題處理掉。」

「我不覺得你喝很多。」

「這和你喝多少無關。而是要看它對你產生多少影響。我喝得失去意識。我喝得個性都變了。我告訴自己我不要再喝了，我做到了。我告訴自己喝一杯就好，結果隔天早上整隻酒瓶都空了。我是一個酒鬼。」

「你以前也參加過戒酒無名會。」

「對。」

「我認為它對你沒有用。」

「哦，其實還不壞。只是我自己又喝酒。這次我要好好把握。」

我想了一下。「我想這很好。」我說。

「你這麼認為嗎？」

「是的，我這麼認為，」我說，我是認真的。「我想這十分好。我知道它對很多人都有效，沒有理由你就不能成功。你晚上要去參加聚會嗎？」

「對。我今天下午也參加過一次。」

「我以為只有晚上才有。」

「隨時都有，而且到處都有。」

「你多久必須去一次？」

「沒有任何規定。他們建議你在前面九十天內參加九十次，但是你也可以多參加幾次。我的時間很多。我可以去很多次。」

「那很好。」

「今天下午散會後，我和一個上次我參加戒酒計畫時認識的人講電話。我今天晚上要再去參加一次聚會，它會幫我快樂的度過今天，讓我擁有滴酒不沾的一天。」

「哦。」

「這就是它的作用。你每天找個時間去參加一次。」

「那很好。」我擦擦額頭。電話亭的門關著，感覺好熱。「聚會通常在什麼時候結束？是十點或十點半？」

「十點。」

「好，假設——」

「但是大家在散會後通常一起去喝咖啡。」

「那麼，我十一點過來吧？或者再晚一點，如果你認為喝咖啡會超過一個小時的話。」

「我不認為這是一個很好的主意，馬修。」

「哦？」

「我這次一定要成功。我不想在我才要跨出第一步之前就毀了我自己。」

我說：「珍？我不是打算過來找你一起喝酒的。」

「我曉得。」

「或是在這個節骨眼上，在你面前喝酒。我和你在一起的時候，我不喝酒。我絕對辦得到。」

「因為只要你願意，你隨時都可以戒酒。」

「我們在一起的時候，我絕對不喝酒。」

又停了一會兒，當她說話的時候，我聽得出她的聲音變了。「天呀，」她說，「馬修，親愛的，事情沒有這麼簡單。」

「哦？」

「他們告訴我們的其中一件事，就是面對人、地、物，我們都是無能為力的。」

「我不知道這是什麼意思。」

「它的意思是要避開那些會挑起我們喝酒慾望的要素。」

「而我是那些要素之一？」

「恐怕你的確是。」

我用力打開電話亭的門，讓一點空氣進來。我說：「好，說得明白一點，這句話是什麼意思？我們永遠都不再見面了？」

「哦，天啊。」

「把你的規則定下來，我就會了解。」

「天呀，上帝。我沒法從再也不怎樣的角度來思考；我沒法從再也不喝酒的角度去思考。我應該要一次只考慮一天的事情，所以我們先談今天的事就好。」

「你今天不要和我見面。」

「當然我今天要和你見面！哦，天呀。如果你十一點左右過來——」

「不要。」我說。

「什麼？」

「我說不要。你一開始的時候是對的，我不應該意圖叫你聽我的。我就像我的當事人一樣。我必須要調整自己去適應新的事實。我想你這樣做是對的。」

「你真的這麼想？」

「是的。如果我是一個你必須敬而遠之的人，你最好從現在開始就這麼辦。假如以後我們認為還有在一起的必要，事情自然會發生。」

停了一下。然後，「謝謝你，馬修。」

謝什麼呢？我走出電話亭，回到樓上的房間。我穿上一件乾淨的襯衫，打領帶，招待自己到石瓦餐廳好好吃一頓牛排晚餐。這裡是來自約翰傑學院和中城南區的警察大本營，還好我很幸運，沒碰到半個認識的。我獨自一人吃大餐，餐前喝了一杯馬丁尼，餐後喝了一杯白蘭地。

我走回第九大道，經過聖保羅教堂。教堂這時候已經關門了，我走下一段狹窄的階梯來到教堂的地下室。一星期有幾個晚上，大家在前面那間不算大的房間裡玩賓果，靠邊那一個房間比較小，是他們聚會的地方。

如果你住這附近，你就會知道這一帶有什麼形形色色的東西。不管你對它們有沒有興趣。

我在門口站了一兩分鐘。我覺得頭昏腦脹，胸口有點悶。我認為應該是白蘭地引起的。它是一種威力強大的酒精飲料。我不常喝，覺得不習慣。

我把門打開，往裡面看。有幾打人坐在折疊椅上。有一張桌子上面放著一個大咖啡壺，還有幾堆保麗龍杯。牆上貼了一些標語——用輕鬆的方法來做，用簡單的方法來維持。他媽的好一個歷久不衰的格言。

她可能在市中心一間類似這樣的房間裡面。譬如說，某個蘇活區的教堂地下室。

祝好運，女士。

我往後退，讓門自動關上，爬上樓梯。我幻想身後的門被打開，有人在後面追我，把我拖回去。但這事沒發生。

我還是覺得胸口很悶。

是白蘭地，我告訴自己。也許，離白蘭地遠一點是個好主意。還是喝自己習慣的酒就好。還是喝波本好。

我走到阿姆斯壯。喝一點波本可以緩和白蘭地的衝擊。喝一點波本可以緩和所有的事情